寺山修司　彼と私の物語

——九條今日子の告白

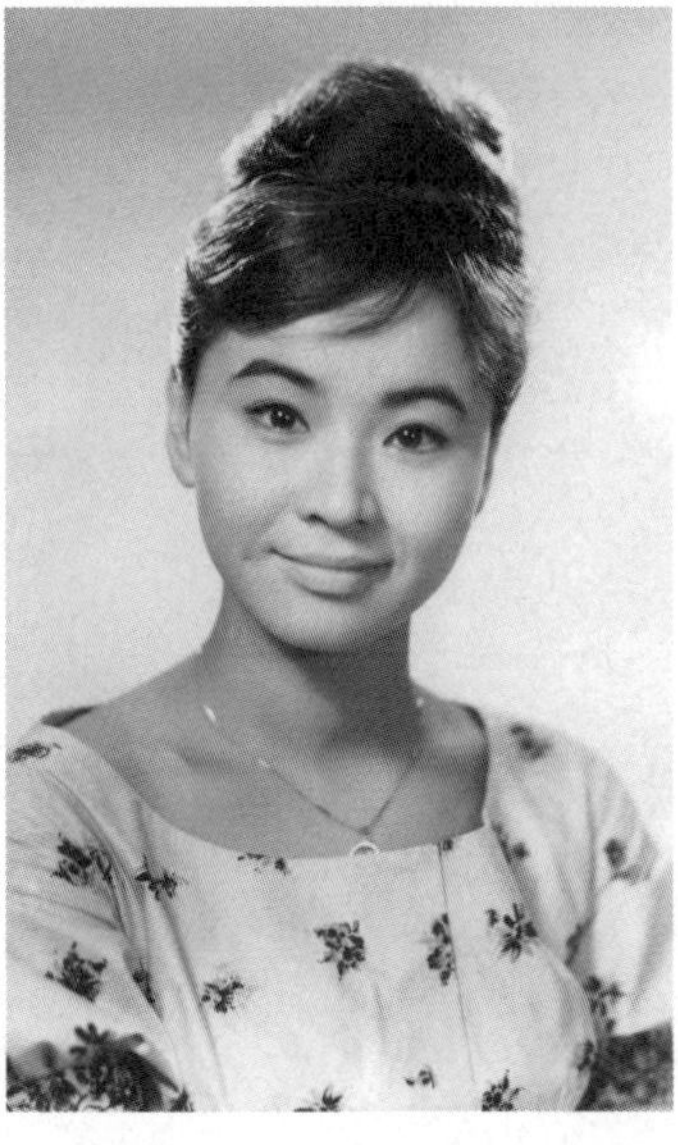

青目海

Aome Umi

きみが歌うクロッカスの歌も新しき家具の一つに数えんとする

寺山修司

目次

カバー写真　テラヤマ・ワールド
扉写真　株式会社マルベル

寺山修司　彼と私の物語

――九條今日子の告白

再会

「青目……寺山のこと、好きだった？」

九條さんがいきなり聞いた。

そこは築地の高級寿司屋で、九條さんと私が二人きりで飲むのは初めてだった。

寺山修司の「演劇実験室・天井桟敷」設立のときに知り合って四十年以上は経っていただろうか。

共に過ごした時期があったとはいえ、私にとって九條さんは遠い存在であり、いつも少し離れたところから憧れのまなざしで見つめていたその人が、いますぐ隣にいた。

それは二〇〇九年の暮れも押し迫った冬のことだった。

九條今日子さんはかつて松竹歌劇団（ＳＫＤ）の踊り子で、その後、九條映子という芸名で女優になり、寺山修司と結婚し、いわゆるアングラ劇団「天井桟敷」を作り、離婚してからも劇団のプロデューサーを務め、寺山さんが亡くなったあとは莫大な借金を返しながら、青森の三沢に寺山修司記念館を建て、その後、寺山さんの母・はつさんの養女になったから、最後には寺山さんの姉になった、という希有な経歴の持ち主である。

再会のきっかけは、私のポルトガル暮らしを綴った本『南ポルトガルの笑う犬　アルファローバの木の下で』が出たときのことだ。

「元天井桟敷の著者が……」その帯の言葉のインパクトに私はハッとした。

確かに寺山修司の劇団の設立に関わったのは事実であるが、私には自分が元天井桟敷の人間であるという確固たる認識はなかった。

寺山家に関わったのが一年、劇団在籍はたったの一年で合わせても二年。

当時、無名の劇団の広報として私は外回りが多く、劇団員との付き合いも希薄で稽古に顔を出すことも滅多になかった。退団してからは縁が切れ、その後の劇団の動向も全く知らない。

ほとんど思い出すこともなかった天井桟敷という存在が、自分にとってこんなにも重いとは思ってもいなかった。

すでに本屋の店頭に並べられているはずの本を九條さんが見たらどう思うだろうか。

ポルトガルから国際電話をし、断りもなく劇団の名前をつかった非礼を詫びた。

電話口で九條さんは、なんの屈託もない明るい声でこういった。

「本、面白かったわよ。青目、いい仕事したわね。うれしいわ」

出版社から送られた本をすぐに読んでくれたらしく、何度も、うれしい、と喜んでくれた。

「天井桟敷の名前……関係ないわよ、いくらでも使いなさいよ、役に立つなら」

そして、冬の休暇でポルトガルから帰国すると、すぐに会うことになったのである。

年末が近く、年賀状を買い足したいからと、待ち合わせ場所に指定されたのは築地の大きな郵便局だった。

年賀状はいまだに三百通ほど出しているのだと聞いて驚いた。しかも全て手書きだというので二度驚いた。

「いろんなこと思い出しながら年賀状を書くの、楽しいのよ」


混雑する郵便局の人ごみの中から、長身の九條さんがこちらに向かって手をあげた。アルマーニの黒のパンツスーツの上にボレロ風のミンクのコートを羽織った立ち姿がきれいで、そこだけスポットライトが当たっているようで、いまにも踊り出しそうだった。

さすが元松竹歌劇団の踊り子、そして女優だなと思った。

幾つだろう……思わず私は九條さんの年齢を数えてしまった。

寿司屋と聞いていたが連れていかれたのは、照明が暗くカウンターの椅子は深紅のビロード、低い音でジャズが流れるナイトクラブのような不思議な店だった。

「ここは、滅多な人は連れてこないのよ。ちょっと秘密の男と内緒の話をするときとか……」

そういって九條さんはいたずらっぽく笑って肩をすくめた。

あぁ、この声だ……と思った。

少し鼻にかかったハスキーな声、洗練された大人の女の仕草……当時憧れていたそのままの姿に、懐かしさとうれしさがこみ上げてきた。

「さっきまでテニスしてたのよ。家に帰って、シャワー浴びて慌てて出てきたの」

とても元気そうだった。

とりとめのない話が続き、酒がすすんだ。

劇団にいたときは仕事上頻繁にやり取りはあったものの、特別親しかったというわけではない。

しかし、この親密さは一体なんだろう。

どうやら九條さんもなにか感じていたらしい。

「ホントに……二人で飲むの初めてだったかしら」

「はい。ですよ」

どう考えても、お茶一杯飲んだ記憶もない。

「そうねぇ、忙しかったものね、あの頃は」

今が旬だからと、九條さんは私にカジキを何度も食べさせた。

「ほら、青目、いまが一番おいしいんだから……」

どうやら九條さんは酔っていた。もちろん私も。

「なにしろ、食えているってことがね、うれしいのよ。旦那頼みでもなんでもかまやしないの……幸せになっていれば、アタシはうれしいのよ」

天井桟敷の子供たち……彼女は元劇団員のことをそう呼んだ。

「寺山や私に関わったせいで、人生を誤ったんじゃないかと思って。それ考えると眠れないこともあるのよ。だから、うれしい。青目が幸せそうで。なによりもうれしいのはね、青目が青目らしいのが、うれしい……幾つになったの」

私は六十三歳、九條さんは七十四歳だった。

四十数年前、劇団には高校を卒業してすぐに地方から来たものもいたし、すでに社会人で名の知れた会社に勤めていたもの、公務員も大学生もいた。

そうした肩書きや、親さえも捨て、天井桟敷に関わった若者たちの数は約二千人もいたという。

途中で挫折して劇団を辞めたものもいたし、寺山さんが亡くなり劇団がなくなったあとも芝居を辞められず、いまだにアルバイトでその日暮らしをしているものたちがいることに、九條さんは胸を痛めているようだった。

「だって、そうでしょ。みんなちゃんとやってた子たちよ。立派な会社にいたのに辞めた子もいたし。天井桟敷に入らなければ幸せになれたはずなのに」

「じゃあ、文学座に入っていたら、彼らは幸せになれたってことですか」

「ふっ、ふっふ……あの子たち、文学座には入れなかったわよ」

「じゃあ、状況劇場ですか」

「バカね」

同じアングラ劇団でも、状況劇場の中には役者として成功したものが何人もいた。

看板女優だった李麗仙を筆頭に、麿赤兒、不破万作、大久保鷹、根津甚八、小林薫、六平直政、佐野史郎など……主催者の唐十郎は芥川賞作家でもある。

かたや、天井桟敷の場合は役者になりたくてやってきたものは少なかった。

寺山修司に憧れ、詩人や小説家といった物書き志望だったり、カメラマン、画家やデザイナー、その他は私を含め、みなナニカを探しているうちに天井桟敷に辿り着いたのだった。

そのナニカを探せないまま社会に戻ったものがほとんどだろう。

中には劇団にいたことを、会社にも家族にもひた隠しにして生きているものもいたらしい。

一方で、天井桟敷が自分の原点だ、と、その後の人生の生きる支えにしているものもいたのだと九條さんはいった。

「ありがたいとは思うけれど、申し訳ないような気がするのよ。だって、いじらしいじゃない」

私は、どうなんだろう。考えたこともなかった。

「ねぇ、寺山のこと、どう思ってた……」

九條さんがまた聞いた。

私が言葉に詰まっていると、いきなり吐き捨てるようにこういった。

「私は、大っ嫌いだったわ」

私はびっくりして九條さんの顔を見た。

「エゴイストで、自分勝手、意地悪で、ケチン坊で……」

そして、やきもち焼きだった、と。

その剣幕に押され、私は思わずうつむいてしまった。

「ごめん……」

九條さんは打って変わって優しい口調でいった。

「ごめん、ごめん……寺山と会ったから、私は好きな仕事を続けてこられたのよね。わかってるの」

しみじみといって遠くを見た。

「考えてみると、私がいま持っているものは、仕事も遊びも、全部寺山がくれたものなのよ。芝居や映画の面白さも、競馬、ボクシング……それからプロデューサーの仕事」

そうでしょう……と、私を見た。

「そうなのよ」

九條さんは確認するようにいった。

「とにかく遊びの天才……人生を楽しむことを教えてくれたのは寺山だった」

もう一本だけ飲もうよ、そういって九條さんは徳利の首を持ち上げた。

「私の人生は本当に面白かった。なにも思い残すことはないの。彼と出会ってなかったら、こんな面白い人生は歩けなかったと思う」

天井桟敷にいて、私が得たものは何だろうか……寺山修司からもらったものはなんだったろう。

「お金には苦労した……でもその金策も今になれば面白かった。お金のことになると、人って本性が見えるのね。私なんか世間知らずだったから、当然貸してくれると思ってた人が手のひらを返したように豹変したり、交換条件を出してきたり……びっくりしたわ」

気がつくと店の明かりが落ちていた。

九條さんが、最後の酒を私に注ぎながらいった。

「私、知ってるわよ。青目は寺山のこと嫌いだった……そうでしょ」

店を出たのは深夜だった。

冬の凍えるような通りにはすでに人影はなく、私たちは相当酔ってふらつく体をお互いに支えあうようにして勝鬨橋に向かって歩いた。

帰国時、東京の私の定宿は橋の手前、九條さんの住んでいる高層マンションは川の向こう側だった。

私たちは女学生のようにケラケラと笑いながら夜の通りを歩いた。

「〇〇のバカヤロー」

九條さんがいきなり叫んだ。

一番困っているときに金を貸してくれなかった有名な実業家の名前だ。

私は、散々いじめられたテレビ局のプロデューサーの名前を叫んだ。

二人で、バカヤローと叫んでは笑い転げた。

氷が張ったように冷たい空気が、私たちの笑い声でひび割れ砕け散る。

橋のたもとで、タクシーを止めるため九條さんが通りの向こう側に渡った。

私は危うい足元を支えるために仁王立ちで踏ん張り、白い息を吐きながら九條さんの背中に向かって叫んだ。

「テ、ラ、ヤ、マ、シュ、ウ、ジ、の、バカヤロー」

九條さんは、こちらに手をあげるとタクシーに乗り込んだ。

早く帰っておいでよ

勝鬨橋のたもとで、また会おうね、と九條さんはいってくれたもののもう会うことはないだろうと思っていた。あの再会に、私は充分満足していたからだ。

ところが年が明け、一週間もしないうちに九條さんから電話があった。

「ねぇ、今度いつ東京に来るの。日本にいつまでいるの」

九條さんは矢継ぎ早に聞いてきた。

私の夫はマグロの畜養事業に携わる漁師で、毎年、冬の休暇の二か月ほどは伊豆の山にある家で過ごし、赴任先のポルトガルに帰るのは二月の下旬だった。

「出ておいでよ、明日、来られる？」

翌日、私は喜び勇んで東京に向かった。

すっかり東京が不案内な身となった私のために、九條さんは待ち合わせ場所に銀座のデパートを指定してきた。南ポルトガルのド田舎にある漁師町に長く住む私にとって、銀座などという大都会での待ち合わせはハードルが高かったからだ。

九條さんは少し早めに来て、私を見つけると手をあげて大きな声で私を呼んだ。

「アンタって、よほど呑気なところで暮らしているのね、青目だけが歩くの遅いのよ」

その口調は、前回よりもググッと二人の距離が縮まった気がするいい方だった。

歩きながら、九條さんは小さな箱を差し出した。

「名刺、作っといたから、使いなさい」

前回、伊豆とポルトガルの連絡先、メールやブログのアドレスなどを渡していたが、そのメモを元に名刺を作ってくれていたのだ。

「仕事しなさい」

夫は退職の時期が近く、私たちは数年のうちに日本に永住帰国するはずだった。

「帰ってきたら、もうひと働きしなさい」

そういうと九條さんはガラス張りの画廊に入っていった。

古い知り合いだという陶芸家の展覧会で、いわれるままに名刺を配りまくった。

「長く生きてるとね、というか仕事してると知り合いだけは増えるのよ」

仕事に大事なのは人脈だと、九條さんはいった。

その日はもうひとつ、書のような絵のような展覧会にも行った。

百万を超える作品に、少なくない数の赤丸がついていることに驚かされた。

「関係ないと思ってた人が、思いがけないときに役に立つものなの。人は財産だということ。覚えておきなさい。さ、ご飯食べよう」

　九條さんはしゃべるのも早いし、歩くのも早かった。溌剌とした年上の人のあとを、私は必死でついていった。

　連れていかれたのは、路地裏にあるこぢんまりとした割烹料理屋だった。

戸口の大甕に活けられた花に見惚れた。

「好きでしょ、こういうところ……」

九條さんが磨き上げられた格子戸をガラリと開けた。


　築地の寿司屋以来、九條さんとは帰国のたびに二、三度は会っていた。

二人だけのこともあり、しばらく会っていないからと元劇団員を交えて飲むこともあった。

しかし、元劇団員とはいえ在団の時期が違うのでほとんどの場合が、全くの初対面で話が弾まなかった。

　そんなときの九條さんは切りかえも早かった。

「さ、じゃあ、今日はこの辺でお開きに。青目がね、明日早いっていうから」

　そういって、みんなと別れるとすぐに私の袖を引くのだった。

「ごめん、人選、間違えたわ、飲み直そう」

創立時から一年しか劇団に在籍していない私と同期の人間は限られていたのだ。

あるとき、きっと誰かしら来ているからと展覧会に連れていかれた。

「ほら、青目、エノモッちゃんよ、懐かしいでしょ。朔美さんも……」

そういわれた先を見ると、榎本了壱さんが萩原朔美さんといた。

朔美さんは確かに同期だったが、榎本さんは在籍の時期が大きくずれていて、顔見知り程度の関係である。

朔美さんが横を向いてニヤニヤしているところからすると、このような場面に慣れていたのかもしれない。

少し間があって榎本さんは取り繕うように、どもども……といい、私も、どもども……と返したが、もちろん話は続かない。

その日は、写真家の荒木経惟とアートディレクターの榎本了壱の書の二人展だった。

「あ、荒木さんが来た。青目、アラーキーよ。久しぶりでしょ」

荒木さんは私を不審気に見たものの、九條さんの張り切りように押されたようだ。

「青目よ、ほら、劇団にいた青目」

「あ、うん……どもども」

と、天才アラーキーはいった。

どうやら、九條さんの紹介したがりは有名であったようで、会場ではそこいら中で、どもども、の応酬が繰り広げられたのであった。

それからすぐに、本の販促のために代々木上原のカフェで小さな展覧会を開くと、九條さんは飛んできてくれた。

渋谷のポスターハリスギャラリーの笹目浩之さんと一緒だった。

とはいえ展示物は、私がポルトガルでお遊びで描いた押し花絵や、漁師町をうろつく放し飼いの犬の写真、蚤の市で集めたガラクタなど他愛のないものである。

「面白いなぁ、うちでできるかも……」

笹目さんのつぶやきを、九條さんは聞き逃さなかった。

「そう、じゃ、やってあげてよ」

その場で話が決まり、ポスターハリスでの春の展覧会が決まった。

「青目の、帰国前の同窓会にすればいいのよ」

九條さんはそういって、案内状の発送からオープニングに呼ぶ人選など、なにからなにまで世話を焼いてくれ、私は何人もの人と数十年振りの再会を果たした。

春先の帰国は久しぶりで、寺山さんの命日には高尾の墓に誘われた。

私は寺山さんの葬式には出たものの、墓が高尾にあることも知らなかったのだ。

遅咲きの桜はほぼ散って、辺り一面が花の絨毯のように桃色に染まり、そのなかに元劇団員の懐かしい顔に囲まれた九條さんの姿が見えた。挨拶に近づこうとすると、九條さんは口元に人差し指をあて、シッというような仕草をしてウインクをしてよこした。

九條さんとは、数日前に新橋で飲んだばかりだったのだ。

その日、私たちはほとんど言葉を交わさず、名刺も、どもども、の挨拶も出番がなかった。

またあるとき、九條さんは私の本を出してくれた出版社、書肆侃侃房の社長と担当編集者に会いたいといいだした。

「今どき、こんな呑気な本を出してくれる出版社なんかないわよ。会ってお礼をいいたいのよ」

書肆侃侃房の田島安江さんは詩人でもあり、寺山さんのファンでもあった。フリーの編集者・藤原ゆきえは、私とは四十年来の友人だ。

場所は築地の会員制居酒屋、和光。とはいえ屋台に毛の生えたような店の床は土間というオンボロ飲み屋である。

四人の女たちは、会った途端に意気投合し、楽しい一夜を過ごした。

つまみは貝のみで、テーブルの上のコンロで自分で焼き、皿は使い捨ての帆立の殻。飲み物は各自冷蔵庫を開け、その都度自己申告。

他のつまみが欲しい客がいると、マスターのトクちゃんはこう宣う。

「はい、すぐ先にセブンイレブンがあります。お好きなものを自腹でどうぞ……」

店にはピアノやドラムセット、ギターなどがところ狭しと置かれ、ときどき、築地で働く若い衆がセッションしたりする。

「こんなおかしな店、今どき、ないわ」

　九條さんは、そういって面白がり、二人で何度か通った。


　会うたびに、今日は寒いからあまり遅くならないようにしよう、などとお互いにいうものの酒が入ればその約束は必ず破られてしまった。

　私が、もう一杯だけと懇願することもあったし、なによ、まだこんな時間じゃないの、もう少し付き合いなさいよ、薄情者、と九條さんにどやされることもあった。

　肝臓が悪いのだということは、初めて会ったときに聞いていて、九條さんの酒がすすむと、私はちょっと気になった。

「なによ、心配しないで。大丈夫よ」

　すぐに見透かされてしまう。

「いまはねぇ、良いお薬があるんだから。第一、酒が飲めなくなったら死んだほうがマシなんだからワタシ」

　そういってヘビースモーカーでもあった九條さんはマルボロに火をつけた。

　そして、あぁ、青目が不良のままでいてくれてよかった、とか、青目が寺山を嫌いでよかった、などと九條さんはたびたびいった。

「だって、寺山の悪口なんて、うっかりいえないじゃないの。私の周りは、みんな寺山のこと大好きなんだから。私の立場だってあるでしょう。そういえば……」

寺山さんの悪口を人にいうのは、初めてだとも告白した。

しかし、その悪口のいい方に、いやなものはなにひとつなく、聞きようによってはのろけに取れるようなものも多かった。

「嫌いよ、あんな人……」

あっけらかんといいながら、朗らかに笑ったり、目を釣り上げて本気で怒ったり、表情がクルクルと変わる。なんて無邪気な人だろう、と思いながら私は話に耳を傾けた。

「とにかく、寺山ファンは生真面目な人が多いのよ。そんな人たちの前で悪口なんてとてもいえないわ」

当時九條さんは、地方の講演に呼ばれ寺山修司の話をすることがあったようだ。集まる客のほとんどが、昔からの詩や短歌、俳句のファンだったようで、天井桟敷の話は人気がなかったらしい。

「寺山ファンは学校の先生とかが多いの。いわゆる堅物。土地の偉い人、市長とか教育委員会とか町長とか……面白い話なんか出来ない雰囲気なのよ」

講演が終わると、だいたい宴会が用意されていた。

「これがね、乾杯までが長いのよ。偉い人が次々に挨拶して、なかなか乾杯までいかない」

講演中、九條さんはどんなに喉が渇いても水は飲まない。

「あとのビールをおいしく飲みたいから……」

私は笑った。

「分かるでしょう。一時間も二時間もしゃべったあとだから、もう、喉が渇いて、渇いて……目の前にビールがあるのに飲めないのよ、乾杯まで。喉が鳴ってるのが隣の人に聞こえるんじゃないかとハラハラしちゃって……元寺山修司夫人が飲んべえだとは誰も思っていないのよ、寺山が飲まなかったから」

ビールを前に身もだえる九條さんの様子が目に浮かぶようだった。

「ほらね、青目はそうやって笑うでしょ。でも、こんな話は講演では受けない。やっぱり、尊敬する寺山修司先生らしい、立派な話とかが受けるの。寺山は書を捨てろなんていってるくせに自分は外国に行っても、観光地に興味がなくてパリでもエッフェル塔には目もくれず本屋にばかり行ってたとか、その程度の話でやっと笑ってくれるの。みんな、本当に寺山が好きなんだなぁと、改めてありがたくも思ったけれど」

九條さんは私の飲み方が足りないと、不平をいいながら酒を注ぐ。

私はいつも冷酒、九條さんはビールから始まり途中から焼酎のお湯割り、そして、これが最後といってから必ずもう一杯飲むのが常だった。

「だってね、寺山のことを知らない人に悪口いってもつまんないし、青目はちょうどいいのよ、寺山を嫌いだし……」

そんなことをいってはこちらの顔色をうかがうのだった。

「もう、なんにも思い残すことないの。私の人生は、本当に幸せだった。でも……」

この言葉も、九條さんは何度口にしたことだろう。

「でも……寺山はどうだったんだろう。私と出会って幸せだったのかしら」

その真剣さに、私はちょっと慌てた。

「もちろんですよ」

九條さんはすがるような不安な表情で私を見ている。

「当たり前じゃないですか」

「ねぇ、冷酒あげてちょうだい、このうわばみ女に」

九條さんは奥にいた女将さんに声をかけると、気を取り直したようにうつむいていた顔をまっすぐにあげた。

「時間はかかったけれど、寺山と私は、離婚してからのほうがうまくいってた。本当の意味でお互いを理解できた気がするの」

そういってからすぐにいい直した。

「いや、それはなかった……最後までお互い分からなかったというのが本当ね。ただ、結婚してた時より、ずっと仲よしだったことは確か。だけどね」

亡くなる少し前、寺山さんは親友だった山田太一さんのところに行って、円満な普通の家庭を盛んに羨ましがっていたという。

その話を亡くなってから知った九條さんは胸が詰まる思いがしたという。

「奥さんや子供のいる朔美（萩原）さんにも、羨ましいっていったらしいのよ」

私の冷酒が来ると、九條さんは焼酎のお代わりをした。

「飲み過ぎじゃないですか、薄くしますよ」

女将さんがいうと、九條さんは首をすくめた。

「もしよ、もし離婚しないで私が奥さんとして陰で支えていたら、寺山はもっと長生きしていたのかもしれないって。女房だったらあんな無理をさせなかった」

九條さんは、焼酎をぐいと飲んだ。

「でも、プロデューサーとしての私の立場は、寺山を働かせるのが仕事だったんだもの」

私は黙って聞いていた。

「寺山は……もっと生きたかったはずよね」

私たちは、寺山さんが亡くなった年より三十年近くも長く生きているのである。

二人してしばらく黙って飲んだ。

磨き上げられた白木のカウンターには備前の一輪挿しに儚気な野菊。あぁ、日本だなぁ……

日本の美しさだ、としみじみと思いながら酒を味わった。

「早く帰っておいでよ……最後に寺山、そういったのよ」

一緒に行くはずだった大阪の舞台挨拶に、九條さんはひとりで行った。寺山さんは体調を崩し、とても行ける状態ではなかったのだ。

仕事が無事に終わったことを電話で報告すると、早く帰っておいでよ、と寺山さんはいった。熱があって苦しそうだった。

「早く帰っておいでよ……何度聞いたかわからないわ、この言葉」

結婚する前、女優だった九條さんが映画の仕事で京都に行ったりロケに出ていると、電話もかかってきたが、毎日のように手紙が届いた。

そして、最後には必ずこうあった……早く帰っておいでよ。

「結婚してからも、劇団が出来てからも、自分は勝手に留守にするくせに、帰ったときに私がいないと捜しまわるのよ」

九條さんは深くため息をついた。

「最後の最後にもいわれちゃった……早く帰っておいでよ」

一九八三（昭和五十八）年、五月四日、寺山修司死去。四十七歳という若さであった。

運命の扉

九條さんが連れていってくれたのは、決まって和食の店だった。

それはいかにも高級そうな障子張りの個室だったり、気のおけない小料理屋、あるいは一瞬フランス料理屋かと思う設えの店も、出てくる料理は魚中心の和食であった。

どれも、外国暮らしの私を気遣って選んでくれたものに違いない。

しかも、どの店も煙草が吸えた。

「酒を出してる店が禁煙なんて、ふざけてるわ」

そういって九條さんは、いい音のするライターで煙草に火をつけるのだった。

なかには表向きは禁煙だが、九條さんのために煙草の吸える部屋を用意してくれていた店もある。

「何人かいらっしゃるんですよ、わがままなお客様が……」

空気清浄機を運び入れながら着物姿の女将さんがいうと、九條さんは首をすくめ、いたずらっ子のように舌を出した。

前菜のお盆の小皿には色とりどりの料理が並び、私が感嘆の声をあげると、どうだ、参ったか、という顔で九條さんは満足そうだった。

そして、酒がすすめば結局は天井桟敷の話になる。

「青目は、サロンのころから来てたのよね。天井桟敷が出来る前」

九條さんのその言葉に、あの日のことが一気に蘇った。

それまでほとんど思い出したことのないあの午後のことが、まるで昨日のことのように目に浮かんだ。

世田谷区下馬二ノ五ノ七、当時はまだ珍しかったコンクリート打ちっぱなしの建物の前に私は立っていた。その手には、寺山修司からきた自筆のハガキが握られている。

「お便りありがとう（中略）ボクの応接間に遊びにきませんか……寺山修司」

一九六六（昭和四十一）年、私は十九歳だった。

「あの日はとてもよいお天気で、なにもかもが輝いてました」

私の言葉に九條さんはプッと吹き出した。

「はい、なんの根拠もなく意気揚々としてました」

私は立ち上がらんばかりに胸を張る。

「うん、意気揚々とはしてた。根拠なかったの？」

「ありません、全く」

「バカね……」

いつもこんな風にして、二人の夜は始まるのであった。


寺山家の応接間で開かれた、サロンとか魔女の会と呼ばれた集まりの発案者は、東由多可で、早稲田の学生演劇「なかま」のリーダーだった。

映画や芝居のチケットが五百円くらいの時代、ケーキとお茶がつくとはいえ会費は千円と法外だった。

そのころ新書館から出ていた寺山さんの若い女の子向けの本がよく売れていた。

表紙や挿絵に宇野亜喜良のイラストが使われ、言葉の魔術師・寺山修司は女の子たちの心を巧みに揺さぶったのである。

東さんの指示で、愛読者カードやファンレターを元に三千人ほどにハガキを送ったという。

「東さんは自信満々だったけれど、寺山も私も全然期待してなかったわ」

東さんは当初から、一緒に芝居をやりませんか、劇団を作りましょう、と盛んに寺山さんを誘っていたが、資金のあてがない。

「では、金を作りましょう」

そう東さんがいい、九條さんは、また二人で面白い遊びでも思いついたのだろうと気にもとめなかった。

「誰も来やしないと思ってたし……」

ところが予想に反して応募は殺到し、その日、当選のハガキを握りしめた女の子たちが寺山家の玄関に押し寄せたのである。

「みんな、寺山さんのファンですから、奥さんは出てこないようにって、東さんにいわれたのよ」

東由多可の戦略で、寺山さんは女の子が好きなタートルネックのセーターを着るように指示されたという。

「わざわざ買いにいったのよ、タートルネックのセーター……笑っちゃうでしょ」

そのサロンのパンフレットが残っている。

宇野亜喜良のお話、参加者はそれぞれ自作の詩を朗読したり、歌をうたったり、楽器を演奏したり……そしてケーキとお茶が出て、寺山修司と歓談という段取りであった。

「思いがけず若い女の子に囲まれて、寺山はうれしそうだった」

そう、九條さんが回想すると、

「身の毛のよだつような集まりでした」

と、私は返した。

集まった少女達のほとんどがフリルのブラウスに、ペチコートでスカートを膨らませ、三つ編みにはリボン、おかっぱにもショートヘアにも、リボン、リボン、リボン。かたや学校の制服に分厚い眼鏡。

　友達になれそうな女の子はひとりもいなかった。

「なにに腹が立ったかというと、みんな、おばさん顔で内股だったんですよ」

　その膝が黒ずんでいたこともはっきりと覚えている。

　何十年も前の出来事に私は気色ばむ。

「なによ、それ……変なことに怒るのね」

　九條さんがケタケタと笑った。

「青目だって、相当変だったわよ」

　十九歳の私は、その日のために「俺」という男言葉の詩を用意し、それを朗読するために父のネクタイなど締め、男装していったのである。詩など書いたのは後にも先にもこれだけで、とにもかくにも目立ちたかったのであろう。

　私の目的はただひとり、寺山修司だったのだ。

　低い作り声で朗読する私の様子を、寺山さんが笑いを堪えて聴き入る顔を、いまでもよく覚えている。

「私にとっては、あの日が寺山家の崩壊の始まりだった」

　九條さんは煙草に火をつけ、放心したように煙を吐きだしこちらを見た。

「あ、不良顔……」

私がいうと、ふふふ……と九條さんは笑った。

結婚して三年、なんの問題もない幸せな家庭生活を送っていたときだった。

「私だって探していたのよ、自分の居場所を。子供の頃からの憧れのダンサーになって、華やかな映画の世界に移った。でも、どれも違う、って思っていたの。そしたら、寺山が私を見つけてくれた」

九條さんにとって寺山修司との結婚は、ようやく見つけた自分の居場所だった。

「なんの疑いもなかったのよ。いい奥さんになる。ちょっと、変わった人だったけど、彼の才能を信じていたし」

結婚してからも、寺山家にはひっきりなしに人が集まっていた。

それまで家に出入りしていたのは詩人とか小説家の卵といった文学を志すものがほとんどであったが、寺山さんの仕事の幅が広がると、夢や野望を持ったさまざまな分野の人たちが現れるようになった。

「映画をやりたいって人もいたし、テレビで新しいことが出来ないかとか、ミュージシャンとか作曲家とか……お互いに面白がってね、話は尽きなかった」

そんな集まりは、九條さんにとっても楽しかったようだ。

「みんな、自分の才能を信じていたから、時々は激しくやり合ったり、白熱し過ぎて手が出かかったり。私はそんな話を聞きながら、ただ、お茶や酒を出したり、料理を作ったり……楽しかった」

常連のなかには、宇野亜喜良、横尾忠則、和田誠、篠山紀信など、コマーシャルの世界で活躍し始めた若者たちもいた。

そこに現れたのが、東由多可だった。

寺山修司の戯曲『血は立ったまま眠っている』を上演したいとやってきたのだ。

この戯曲は、かつて劇団四季が浅利慶太の演出で上演し、寺山さんと九條さんの結婚のきっかけになったものだった。

「へぇ、と思って、その学生芝居を寺山と二人で観にいったの。これがね、素晴らしかった。浅利さんのものより面白かったのよ。寺山も感動しちゃって……私は芝居って演出でこんなに違うものかって思った」

それが縁で、東由多可が寺山家に出入りするようになったのだ。

東さんは、盛んに劇団を作ろうと寺山さんを誘った。

「横尾ちゃんも和田さんも、面白い、やろうやろうって乗り気だった。もちろん遊び半分よ」

寺山さんはこのとき、実験的に自宅で小さな規模の芝居をやるつもりでいたらしい。

九條さんは、夫がなにか新しいことをやりたいのだな、とは思っていた。でも自分には関係がない、寺山は好きなことをやればいい、私は家を守る、と考えていた。ところが……思いがけないことに、サロンで百万円ほどの金が集まった。

それで一気に劇団を作る話がまとまり、劇場を借りてしまったのだ。

「まだ、ホンも出来ていなかったのに……でも、寺山の顔が変わってきたの」

九條さんは、夫の顔が輝いていることに気がついてしまった。

「あんな顔、見たことなかったの。反対なんか出来るわけないわ」

こうして、運命の扉が開いてしまったのだった。

少女の夢

九條さんとは会えば話は尽きないのに、不思議なことに私がポルトガルに戻るとお互いに連絡を取り合うことはなかった。電話はおろか、はがき一枚出したこともないしもらったこともない。全くの音信不通であった。

それはまるで芝居の幕が下りたように、なにもかもが幻だったかのように消え去ってしまう。そして、冬が来ると再び舞台の幕が上がる……私たちの逢瀬はそんな感じだった。

「クジョウさんはね……」

九條さんが自分のことをそう呼ぶのは、酔った証拠だった。

「子供の頃、クジョウさんは内気でね、いつも母の陰に隠れているような子だった」

「まさか……」

九條さんが横目でジロリと見て、私を黙らせた。

「本当に平凡な女だったのよ」

そうなのかもしれない。そのおおらかさや、ときおり見せる少女のような無邪気さは、愛情を持って大切に育てられたことを物語っていた。

一九三五（昭和十）年、九條さんは麻布で生まれた。

父親は元新聞記者で、後に今でいう広告代理店のようなものを経営していたそうだ。母親は下町育ちの明るい人で、妹が二人、弟が一人、九條さんは長女だった。

戦争が激しくなると麻布の家に父親を残し、母子は父方の岐阜の実家に疎開した。

「とにかく楽しかった。東京の子供にとってはなにもかもが新鮮でね、裸で川遊びなんかしてたわ」

よく聞く疎開先でのひもじさや苦労話は記憶にないという。

「家が焼けちゃったよ」

そう父が知らせてきたとき、気丈な母が泣いたことだけはよく覚えている。

終戦はそこで迎えた。十歳のときである。

玉音放送のときには、夏の太陽が庭に白く反射していたことや、妙に静かだったこと、そして、これで東京に帰れるわ……と、母がうれしそうに耳元で囁いた声がはっきりと記憶に残っているそうだ。

東京に戻った少女時代は、テニスやバレーボールに明け暮れ、吉屋信子の小説を読み、『それいゆ』や『ひまわり』の中原淳一の世界に憧れた。

東京の当時の女学生は、宝塚派と松竹派の二つに分かれており、九條さんの母親は松竹派で、ターキー（水の江瀧子）や小夜福子、娘の九條さんのスターは宝塚の春日野八千代と音羽信子だった。

そして高校生のとき、九條さんは友達に乗せられ松竹歌劇団に願書を送った。

「なんであんなことしたのか……いまでもわからないの」

早稲田大学に進学するつもりで家庭教師までつけて猛勉強をしている最中のことであった。受験のプレッシャーもあったのかもしれない。ほんのいたずら心で他意はなかったが、審査に通ってしまい大騒動になる。

「いきなりね、考えてもいなかった新しい世界が目の前にパッと開いたのよ」

そうなると勉強どころではなくなった。

当然、両親は猛反対する。

「一度決めたら頑として、親のいうことなんか耳に入らない。私のそんなところを父も母も知っていたのよ」

二年だけという約束で許しが出たそうだ。

「いま思うと反対はしていたけれど、陰で父を説得したのは母だったかもしれないわ。母はあの世界が好きだったの。もしかすると、自分の果たせなかった夢を娘に託したのかもしれない」

少し冒険したら、親の決めた人と結婚するつもりだった。

一九五三（昭和二十八）年、松竹歌劇団の養成所の研究生となった九條さんを待ち構えていたのは想像を絶する厳しいレッスンだった。

クラッシックバレエ、日本舞踊、モダンダンス、タップダンス、声楽、そして、ピアノ。

「それから、三味線に琴、ギター、まだあったけれど忘れたわ。本科、予科、研究科と三年もあったのよ。でも、体の弱かった私はここですっかり体力がついたの」

初舞台は、一年目の本科が終わったあとのラインダンスであった。

東洋一といわれた浅草の国際劇場のキャパシティーは三千数百、百人の踊り子のラインダンスが目玉だった。

「母が観にきてくれたのだけれど、どこにいたか全然分からなかったって。そりゃ、そうよね。同じ衣装の踊り子が百人並んでいるのだもの」

来日したエリザベス・テーラー、エヴァ・ガードナー、フランク・シナトラ、フレッド・アステアも観にきたのだと、九條さんは自慢した。

そのうち、目立つ役が回ってくるようになり、八人構成のエイトピーチェスのメンバーに選ばれたころ、突然、松竹映画の出演が決まった。

「映画なんて、まるで別世界のことだったわ。でも、本人の意志なんか関係ないのよ、上からの命令だといわれれば抵抗できない。仲間と別れるのが辛くて……」

ライバルではあったが当時の仲間の絆は強く、その後の付き合いは現在まで続いているのだという。

「撮影が始まるとすぐに女優は向いてないって思ったわ」

青春映画に何本も出演したが、全く馴染めなかった。

「観られますかね、いま……観たいです」

「覚えているのはデビュー作だけ。父親が殿山泰司、お母さんが清川虹子、主役が小山明子さんで私は妹役だったの」

題名は『花嫁の抵抗』、監督は番匠義彰だった。

「あれは、オーディションだったのかしら、とにかく、こんにちは、って挨拶に行ったら、元気だということだけでその場で役が決まったらしいのよ」

日本映画全盛の時代であった。

「当時の映画は大量生産でね、とにかく忙しかった。三本も掛け持ちなんてこともざらで、どうってことない映画ばかりだった」

最初の年は、七本、多いときには年に十本以上も出演していたという。

「あなたの奥さん、私が見つけたのよ」

結婚してしばらく経ったころ、寺山さんは作家の有吉佐和子から、こういわれたことがあるそうだ。

松竹の会長と舞台を観ていたとき、あの子、映画にいいわよ、という有吉の一言が九條さんの映画出演のきっかけであったらしい。これは九條さんも知らなかったエピソードだった。

映画の撮影中も女の園であった歌劇団が恋しくて、撮影の時間があくとSKDの楽屋に入り浸っていたらしい。

「撮影所には、若くてハンサムな男の子がたくさんいて。当たり前よね、俳優なんだから。それなりに楽しかったのよ。撮影のあと、みんなで遊びに行ったり飲んだりしたのだけれど、私はスタッフと遊ぶのが好きだった。若い女優が、ドが過ぎるって叱られたりもしたけれど」

照明とか美術、大道具小道具、衣装さんたち……そんな人たちとばかり付き合っていたという。

「ハンサムで気取った俳優なんかより、ずっと面白かったのよ。そこで、シノちゃんとも知り合ったの」

シノちゃんとは、映画監督の篠田正浩で、木下惠介の助監督時代に知りあったのである。

一九五五（昭和三十）年、石原慎太郎が『太陽の季節』で芥川賞をとり、弟の裕次郎が映画デビューした。

日本映画にも新しい波が来ていたことを、九條さんも肌で感じていたという。

「なんだか特別な時代だった気がする。なにもかもが輝いていたの。とにかく映画が面白かった」

洋画はヒチコックの『サイコ』、ベルモンドの『勝手にしやがれ』。

「青目、アラン・ドロンとベルモンド、どっちが好きだった？」

「もちろん、ベルモンドですよ」

「だろうと思った。私も……」

九條さんは、うれしそうにいった。

「イタリア映画もよかったわ」

「『甘い生活』……ですね」

「寺山が好きだったわ……日本映画もよかったのよ。『青春残酷物語』とか」

一九六〇（昭和三十五）年には、大島渚がヌーベルバーグの旗手として注目を浴びていた。

その映画を、私は中学時代に観ている。

大人に見られるように母のスーツを着てスカーフをかぶり、ドキドキしながら初めてひとりで映画館に入ったのである。

石原慎太郎の原作『狂った果実』が映画化されたとき、九條さんは衝撃をうけた。

「私はその頃、松竹の呑気な青春映画にばかり出てて、早くやめたいと思っていたのだけれど、あの映画を観てちょっと考えちゃったわ。日本でもこんな映画を撮れるんだって」

私はオンタイムでは観ていないが、日本映画のなかではベストスリーに入る好きな作品だ。陰影の濃い照明が印象的で、北原美枝もそれまでのただきれいなだけの女優ではなかった。

「素敵だったけれど、あんな映画に出たいとも思ったけど、とても太刀打ちできないって……このとき、早く映画は辞めようと思ったの」

出会ってしまった二人

「みんなシノちゃんが悪いのよ」

一九六〇（昭和三十五）年、七月十日、午後のことだったと九條さんはすらすらといった。

「エコ、いま時間あるか」

珍しく撮影が早く終わった九條さんが家でくつろいでいると、シノちゃんこと篠田正浩から電話があった。初監督の映画が決まり、旅館でシナリオを書いているのだという。

「今度の映画のシナリオを書いてもらいたいと思ってる男がさ、エコのファンだというんだ。君に会わせたら、書いてもいいっていうんだ」

九條さんは退屈していたところだった。

「二人が飯田橋の駅まで迎えにきたんだけど、旅館の下駄はいてたの。なぜか、そんなことをよく覚えているのよ。それが運の尽き……」

普通なら運命の出会い、というべき場面を九條さんは、運の尽き、といった。

「お気に入りの黄色のワンピースを着て、ケーキかなんか買っちゃって。でも喜んで飛んできた、なんて思われるの悔しいから、暇だったし、ちょうど退屈してたから来たのよって。そういったら、寺山が目を丸くしていったの。ボクは生まれてから一度も退屈したことがありません、て。こっちも驚いたわ。そんなことという人に会ったことないもの」

寺山修司が売り出し中のシナリオ作家だということも、すでに俳句や短歌、詩の世界では名の知られた人物であることも九條さんは知らなかった。

「あとで気がついたんだけど、このときね、寺山ったら嘘ついたのよ。修学旅行で青森から東京に来たとき舞台を観て一目惚れしたって。母にだって分からなかったのに……」

会った翌日、寺山青年から電話があって芝居に誘われた。

彼の戯曲『血は立ったまま眠っている』が劇団四季で上演されていたのである。

演出はもちろん浅利慶太だ。

何十年も経ってから九條さんは浅利慶太からいわれたそうだ。

「君、寺山に花を持ってきたでしょう。あの時の彼の得意気な顔は忘れられないよ。女優の九條映子さんです、なんて紹介してさ。うれしかったんだろうなぁ」

舞台はといえば、それまで九條さんが観た芝居とは全く違っていた。

「ようするに、チンプンカンプンだったのよ。でも、何か感じたの、何かあるぞって思った」

寺山さんから感想を聞かれ、九條さんはこう答えた。

「舞台に便器がおいてあったところが面白かったです、なんていっちゃって」

それから寺山修司のラブレター攻撃が始まる。

「多いときには一日に三通も四通も……京都の撮影所にも手紙が届いたわ、その間には電話。手紙の返事がちっとも来ないって文句いわれたり」

九條さんがたまに出す手紙は、たったの三行ほどだった。

「お手紙ありがとう、私は元気です。で、あなたも、どうぞお元気で。これくらいしか書くことないのよ」

ある時、寺山さんから来た手紙を九條さんがゴミ箱に捨てているのを見られてしまった。

「だって、読み返すことないし、一日に何通も来るからたまっちゃうでしょ」

寺山さんは、こういったそうだ。

「絶対に捨てたらダメだよ。将来、高く売れるに違いないんだから。文豪の手紙ってことで」

「この人、本気でいってるって……呆れちゃったわ」

それからも手紙は届き続けた。一日に何通も……そして、気がついた。

「敵は、書くプロなんだって。かなうわけないわって」

こうして二人の交際が始まる。

夥しい数のラブレターの中で、寺山さんは九條さんのことをA子と呼ぶことがあった。

そして、こんな文章を残している。

〈A子は例えば青臭いキャベツみたいに生意気であり、子馬のようにやんちゃであり、空豆のようにはじけてよく笑う……〉

都会育ちの天衣無縫な九條さんに、寺山さんは夢中になったに違いない。

会うたびに心を奪われていった様子が、残された文章や短歌にも現れている。

〈映子はいろいろなものをもっている。映子はまず若さをもっている。キング・コールのＬＰをもっている。健康な二人の妹を持っている。歌劇の踊り子の経歴をもっている。わがままをもっている。高村光太郎の詩集とレイモン・ペイネの画集をもっている。スラックスを少なくとも十本以上もっている。明朗快活をもっている。マスカラをもっている。恋人ももっている。きれいな沼のある故郷ももっている。アポロデシアの香水とロンソンのライターをもっている。ちっぽけな虚栄心もまたもっている。小さい家計簿をもっている。天婦羅を揚げる技術ももっている。空想のなかに殺人計画のトリックをいっぱいもっている。乙女心もまたもっている。それから……それから……〉*

若い二人の恋は、幸福に満ち溢れ輝いていたに違いない。

「この人を幸せにしてあげたい……本気で思っていたわ」

いつの間にか、二人は一緒に暮らしていた。

「あの頃は、うるさい時代だったから付き合っているだけでも大変なスキャンダルになったものだけれど、妹たちや寺山の文学仲間が一緒だったし、あまりにも開けっぴろげだったから却って目立たなかったのよ」


「林檎の木伐り倒し家建てるべしきみの地平を作らんために」

「きみが歌うクロッカスの歌も新しき家具の一つに数えんとする」

そして……。

「あなたは仕事でいろんな人物を演じたけど、そろそろ寺山映子という役を演じてみない」

決め台詞であった。

一九六二（昭和三十七）年四月二日、二人は結婚した。

新郎・寺山修司、新婦・九條映子、ともに二十八歳のときである。

＊『寺山修司のラブレター』寺山修司　九条今日子著（KADOKAWA　二〇一五）

少年の夢

「とにかく、一筋縄ではいかない人だった……」

九條さんは肩をすくめた。

二人の結婚には最大の難問、寺山さんの母・はつの存在があったのだ。

結婚に関してはつは、全く聞く耳を持たなかった。

「私はね、時間をかけて説得すれば、そのうち分かってもらえると呑気に考えていたけど、甘かったわ」

寺山さんはこの母に関して、愛憎入り交じるさまざまな物語を作り、残しているが、真実は九條さんにもよくわからない。

「お母さんのことはあまり話したがらなかったし……話すとしてもそのたび、内容が違うのよ」

九條さんが知る寺山修司の幼少期や少年時代の話は、後に親戚や古い友人から聞いたものや、巷に流れる噂話であり、本人から聞いたものはほとんどなかった。

「マザコンなんて生易しいものじゃなかった。寺山はお母さんをとても怖がっていて……そのせいだと思うけど、女が怒るのをすごく恐れていたわ」

そのうち三人で食事をするくらいまではこぎつけたものの、結婚の話題が出ると、はつの態度は豹変する。母親の機嫌の雲行きが怪しくなると、寺山さんは九條さんを残して途中で消えてしまうこともあったそうだ。

「逃げちゃうのよ……私がようやく抜け出して帰ろうとすると、途中の公園のベンチなんかでしょんぼり待ってたりして……怒る気にもなれなかったわ」

九條さんの両親は、寺山さんを気に入っていた。

「特殊な仕事だったけれど、父は仕事柄、寺山の仕事に理解があったし……私の妹たちや弟も兄のように慕っていたの」

やがて、二人の関係が週刊誌にすっぱ抜かれた。売れない詩人と売れっ子女優の恋は、たちまち世間を騒がせるようになる。

そんな中、いつまでも結婚できないことを見かねた九條さんの母親が業を煮やし、はつに会いに行ったことがある。

「私たちに内緒で……母もね、話せば分かるって思ったのよ。ところが挨拶もしないうちに怒鳴られて、びっくりして逃げ帰ってきたわ」

寺山修司は、一九三五（昭和十）年、青森の弘前で生まれた。

母・はつは裕福な祖父母の元で大切に育てられたものの、私生児だったことに屈託があったようで、その口癖は「いまに見返してやる」だった。

やがて少女は不良じみた言動で祖父母や親類を悩ませることになるが、そんなときに警察官だった寺山八郎と出会うのである。結婚に関しては、はつのほうが積極的だったようだ。

やがて修司が生まれ、比較的穏やかな親子三人の暮らしは修司が五歳のとき、八郎が召集されたことで終止符が打たれた。

八郎が南方で戦病死したのは、修司が九歳のときである。

「お母さんも当時のことを話すことは滅多になかったけれど、骨も戻ってこなかったって。届いた骨壺には枯れ葉一枚と小石が一つ入っていたって。これは多分、寺山がいったのね、作り話よ」

このときはつは三十二歳、女手一つで修司を育てることになった。

「とにかく勝ち気な人で……親戚が多かったので助けてくれる人はいたのに、誰も頼らなかった。あの時代に、父親をパパと呼ばせていたのも珍しかったらしいわ」

はつはやがて三沢の基地で働くようになる。

寺山さんは亡くなる五か月前に週刊誌の取材に応じ、母について語っている。

母親が基地で働くようになったのは、自分が三沢基地の募集の張り紙を見て、それを仕事を探していた母に告げたのだ、ということになっている。

「お母さんを庇ったんじゃないかしら。基地で働くようになったのは母親の意思ではない、自分のせいだって……寺山らしいストーリーよね」

そのうちはつは米兵に送られて朝帰りなどするようになり、近所の評判になる。寺山少年はひとりで過ごすことが多かったようで、家はいつしか子どもたちのたまり場になっていた。

当時、近所に住んでいた同級生によると、母子が借りていた家は狭かったが珍しく家の中にトイレがあったことに驚いたという。さらに別の同級生が目を見張ったのは、部屋には見たことのないような華やかなドレスがかけられ、狭い部屋に大きなベッドがあったことだ。

みながつぎはぎだらけの薄汚い服を着ていた時代、寺山少年は母の手作りの洒落た服を着て目立つ少年であった。

子供たちにとっては、この部屋で食べたものも忘れ難い。

「これも当時の同級生に聞いた話だけれど、チョコレートや七面鳥の肉の入ったサンドイッチとか、生まれて初めてチーズを食べたって人もいたわ……あの時代、東京にいたって手に入らなかったモノばかりよ」

同級生は、はつの吸っていたラッキーストライクの洒落た箱もよく覚えていた。

当時、米兵との付き合いなど隠すのが普通であったが、はつは堂々と腕を組んで町を歩いていたという。

「この話を聞いて、お母さんらしいって思ったわ。とにかく負けず嫌い、弱音を吐かない人だった」

一方で寺山少年は、濃い化粧をしてハイヒールを履く母親を見かけるとスッと隠れるように姿を消したという。

「その頃のお母さんは、背がすらりと高くてとてもきれいだったらしいわ」

寺山少年の慰めは町に一軒しかない本屋に入り浸り、読んだ本の内容を家に集まる友達に聞かせたりすることだった。

「その頃のことはみんなよく覚えてて……遊びの天才は、このときに養われたのね、きっと」

集まった友達が帰らないように、トランプ遊びや自分で考え出した新しいゲームを毎日のように披露し退屈させなかったという。

「なにもない時代だったから、寺山の家に集まって遊ぶのは本当に楽しかったって……で、一人二人と帰っていくわけだけど、そんなとき寺山はとても寂しそうだったらしいわ」

そのうち、基地の雇い主が九州に赴任することになり、はつが同行することになった。寺山さんが中学生になったときのことだ。

ひとり残され、親戚を転々とする中、少年の楽しみは俳句や短歌、詩を作ることであった。寺山さんの東京の文壇への憧れと野心はこの頃に芽生えたものらしく、めきめきと頭角を現すが、盗作問題でも目立つ存在となる。

やがて早稲田大学に進学するために上京するものの、すぐに病に倒れ長い闘病生活が始まった。

病名はネフローゼ、三年に渡る入院生活だった。

生活は困窮を極め、はつの仕送りだけでは賄えず、最終的には生活保護をうけていたようだ。

「療養中の話も、本人からは聞いたことがないわ……」

そのときの学友が脚本家の山田太一で、二人の付き合いは生涯にわたった。

はつと病室で出会った親友、山田太一は、不機嫌で挨拶もろくにしない母親に戸惑ったと後に回想している。

幸福に生きてきた九條さんにとっては、寺山の想像もつかない子供時代、青春時代だった。

やがて青年は奇跡的に回復し、その才能が認められて目の前には洋々とした明るい未来が広がっていた。

九條さんとはそんな頃の出会いだったのだ。

当時、九條さんの実家は千葉にあり、撮影に通うには遠かったので東京にアパートを借りていた。お目付役の意味もあり妹さんが一緒であったが、そこは格好のたまり場となり、寺山さんは友達を連れて頻繁に出入りするようになる。

そこではみな寺山さんが考え出したオリジナルなゲームや遊びに興じ、まさしく退屈する暇などはなかった。

「私が仕事で東京を留守にしていても、妹や仲間と楽しそうに遊んでいたわ」

九條さんが休みの日は、寺山さんの立てたスケジュール表がみんなに配られた。

そのときどきで、美術館や映画、芝居、コンサートなどバラエティに富んだお楽しみの計画がびっしりと組まれていた。

「合間に、どこでなにを食べるかまで決めてあるの。ジャズ喫茶もそのとき初めて行ったのよ」

二人のお気に入りは、コルトレーンやＭＪＱ、マル・ウォルドロンだった。

一九六一（昭和三十六）年にアート・ブレイキーが来日し、ジャズが表舞台に躍り出た。

「それはもう、ものすごい歓迎ぶりで一番驚いたのはアート・ブレイキー本人だったらしいわ。当時のアメリカでは、まだ人種差別がまかり通っていて、いくら人気があっても黒人への風あたりは激しかったのね」

その年に新宿にオープンしたジャズ喫茶ＤＩＧはＤＵＧと名前を変えて現在も健在だ。

一九六四年はオリンピックで日本中が浮き立ち、一九六五年に渡辺貞男がバークリーから帰国し、ボサノバを持ち込んだ。新宿にピットインがオープンし、閉鎖的だったジャズの世界にも新風が吹き込んだ。

「あ、青目が通ってた風月堂にも、そのころよく行ってたわ」

風月堂は、私にとって青春そのものといっても過言ではない場所であった。

「風月では、寺山がいた北園克衛さんの詩の会の朗読会なんかがあって、時々行ってたの。確か詩人の白石かずこなんかも来てた。シノちゃんの最初の奥さんよ。でね、白石さんが来日中のアート・ブレイキーがキーヨに来るっていうもんだから、みんなで行ったことあったわ。ミーハーでしょ」

キーヨは私が新宿をうろつき始めた頃にはすでになかった伝説のジャズ喫茶だ。

「青春ですね。来たんですか、アート・ブレイキー」

「来ないわよ。サインしてもらうために慌ててノート買ったりしたのに」

九條さんの顔が輝いていた。

「風月には、オノヨーコも来てたって寺山がいってたわ」


新宿の名曲喫茶・風月堂は、一九四六（昭和二十一）年、終戦の翌年に出来た。

私が生まれた年である。

敗戦によってなにもかも失い、疲弊し乾き切った人々の心をモーツアルトやフォーレが潤した。開店時の風月堂のコーヒーは進駐軍の使い捨ての出しがらを煮出したものだったそうで、とはいえ微かに香りが残っており、戦時中の大豆の代用コーヒーよりはずっとマシだったようだ。

広々とした明るい空間では、先鋭的な絵画や彫刻の展覧会が次々と開かれ、それとコラボしてコンサートが行なわれるという戦後の夢のオアシスだった。

文化的要素に飢えていた画家、小説家、詩人、映画や演劇、音楽関係者といった文化人や若者が集い、その賑わいは九條さんや私が通った時代にも引き継がれたのである。

終戦の年、十歳であった少年と少女は、その新しい時代の波のなかで青春を迎え、出会ったのだ。

交際中、寺山さんは九條さんの実家にもたびたび訪れ、両親も、修ちゃん、修ちゃんと可愛がったそうだ。

「あんなに不器用なのに、寺山は魚を捌くのが上手で、実家に行くと得意になって腕をふるったわ」

一方で青年は、テーブルに並ぶ家庭料理を見事に平らげた。

「母の作る卵豆腐が好きで、お母さん、ボクの卵豆腐は多めにお願いします、なんていうものだから母は喜んじゃって、寺山の卵豆腐だけどんぶりで作ってたのよ」

どうやら寺山さんは、甘え上手でもあったようだ。

「お正月は必ず実家で過ごしたの。結婚してからも、仕事が終わってから私の運転で千葉にあった実家まで夜のドライブ……」

「ぶっ飛ばしたんでしょうね」

「当たり前よ。君は不良なんだねぇ、なんていって。私は寺山が怖がるのを見るのが面白かったのよ。紅白歌合戦なんか聞きながら思いきりアクセル踏んだわ」

そういいながら、ふと九條さんが遠い目をした。

「あんな平和で穏やかな日常は、彼にとって初めてだったんじゃないかしら」


「結局、寺山のお母さんを説得することは出来なかった」

そういった九條さんの肩が細かく揺れている。

え……私はたじろいだ。

「小さな教会でね……とてもいい結婚式だったわ」

そういうと九條さんは突然、顔を覆った。泣いているのか……慌てた。

ところがカウンターに突っ伏した九條さんがクックックッと声をあげて笑った。

「その時の神父さんがね……」

笑いが止まらない。

なぜか、その時の神父がひどい東北なまりだったのだ。

「寺山もなまっていたけれど、その寺山でさえ驚くほどのなまりだったのよ」

神父の前で二人でひざまずいていたものの、笑いを堪えるために体が震えた。

「テラヤマのスウジは……天にマスマス……ってあたりで寺山が吹き出したの」

後ろの席で椅子がカタカタとなっている。
「母よ、笑い上戸だったの。父はやめさせようと、盛んに咳払いするし……」

指輪交換も笑いを堪えるために手が震えなかなか入らない。九條さんが無理やり押し込むと、イタッ、と寺山さんが声をあげ、これがまた笑いを誘ってしまう。
「まるでコメディだったわ。仲人をしてくれた谷川俊太郎さんには、あとでひどく叱られちゃった」

このとき、写真を撮ったのが立木義浩、結婚報告のハガキのデザインは和田誠、発起人のなかに大島渚の名前がある。

「結局、寺山のお母さんは式に出てくれなかった、それどころか……」

式が終わって家に戻りくつろいでいると、窓に石を投げられたのである。とっさに警察に電話をしようとする九條さんを、寺山さんが止めた。
「あ、と思ったわ。お母さんだって……寺山はすぐに気がついたのよ」

電気を消し、息を殺してまんじりともしない新婚一夜を過ごしたのだという。

それから数日後、ボヤ騒ぎもあった。すぐに消し止められたが、そこに残されていた焼け焦げた布地は寺山さんが入院時代に着ていた浴衣だったという。
「ちょっと、すごい話でしょう。さすがに怖かったわ」

そんな憂いはあったものの、一方では絵に描いたような幸せな新婚生活であった。

庭付きの家で花を育てたり、念願の犬も飼った。

「ジルって名前つけたの。ちょうどブリジット・バルドーの『私生活』という映画を観たときで、その主人公の名前」

九條さんは仕事をセーブし、料理教室に通ったり、二人で競馬場に行ったり、ボクシングの試合を観に出かけた。二人が初めて会った時、ボクは人生で退屈したことがないといった寺山さんの言葉は本当だった。

「笑っちゃうほどヘタクソだったけれど…」

時々はナイトクラブに踊りにも行った。

「私を楽しませようと一生懸命だったのよ。とにかく、次から次に新しいことを思いついて。人生の楽しみ方を教えてもらったわ」

寺山さんは酒を飲まなかったが、九條さんのために酒場にも付き合ったそうだ。

「世間的には、ボクの大学は酒場だった、なんていってるけど、本当は酒場にはあまり行ってないの。酒に弱かったし、酔っぱらいが大嫌いだったのよ。対談なんかも、酒が入ると話が飛んで論点がボケるとぼやいていたわ。だから夜の対談は嫌がった。特に酒飲み相手のときは……家にいるのが一番好きだったのよ」

家庭での寺山さんは、電球の球ひとつ換えられなかったらしい。

「ビリビリするのが怖いって。留守にすると私が帰るまで暗い部屋で待っているんだから……結婚したばかりの頃はびっくりしたわ。金槌も使えなかった、釘一本打てなかったのよ。一度やらせたら、指を叩いて血豆が出来たの。そりゃあもう、指が折れたのかと思うくらいの騒ぎようで、医者に駆け込んで笑われてたわ。ボクは手術したってみんなに吹聴してた。針をさして血を抜いただけなのに」

結婚当初、九條さんは売れっ子の女優であり、寺山修司は新人のシナリオライターであった。九條さんは夫の知名度をあげるために取材の依頼は夫婦で受けることを条件にしていた。しかし、どうしても写真も記事も九條さんが大きく扱われる。

「もう、機嫌が悪くなっちゃって……ボクより、ジルの写真が大きいって、犬にまでやきもち焼くのよ」

この日は、終始、のろけとも取れる話で終わった。

考えてみると、若い頃ののろけ話をする相手は、九條さんにはなかったのであろう。

話し出すと止まらなかった。

誰にもいっちゃダメよ、とか、これは、いいわよ、もう死んじゃった人の話だから、などといいながら、あっけらかんと内緒話を披露してくれた。

そう……話題に出てくる半分以上の人が、みんな死んでしまったのだ。

サロンから天井桟敷設立

一九六六（昭和四十一）年、祐天寺の寺山家の玄関先に立っていた私は、いつの間にかサロンのスタッフになっていた。

「とにかく、人手が足りなかったのよ」

九條さんはいった。

もともと東さんの提案で始まったサロンは盛況だったが、寺山さんは留守がちであったし、よほど忙しいと九條さんも準備に駆り出された。私も、会費を払ってサロンに行くよりボランティアであっても、スタッフのほうが楽しかった。なにより、寺山家に出入りする大人たちが魅力的だったからだ。すでに名の知れた人もいたが、夢を持った発展途上の若者たちが次から次へと現れ、その夢を語ったり実現していくのを目の当たりにしたのだ。

私も含め、誰もがなにか面白いことを探していた。

何度か通ううち、寺山さんに誘われた。

「今度、劇団を作るのですが、一緒にやりませんか」

一九六七（昭和四十二）年の一月のことだ。

「冬だったかしら、春じゃなかった？」

九條さんが首を傾げる。

「冬ですよ、一月です」

私は確信を持っていた。なぜならそのあと、寺山さんがこういったのだ。

「あなた……寒くないですか」

冬の最中、私はペラペラしたラメの超ミニワンピースに網タイツという薄着だったのである。ゴーゴー喫茶やディスコが流行り始めた時期で、私は毎晩踊りに行くため昼日中から夜用のドレスを着ていたのだ。

「あぁ、ツイッギーが来てミニスカートが流行ってたのよね。ふっふ、寺山は寒がりでね、私がミニスカート履いていると、キミ、寒くないのって、何度も聞くのよ」

劇団に参加するかどうかの返事をしないうちに、気がつくと私は回り出した歯車に巻き込まれていた。

「初めは、自宅で実験的にやろうと思っていたらしいの、小さな規模で。それが、サロンでお金が出来ちゃったものだから、なんの準備も出来てないのに草月会館を借りちゃって……東さんに乗せられちゃったのね」

正式に劇団を作ったのはそのあとで、名前は「演劇実験室・天井桟敷」それから怒濤のような日々が始まった。

まずは役者を含めた劇団員を募集しなければならない。

「どう考えても、順番がメチャメチャよね」

さまざまな告知のためのチラシやポスターなど、宣伝用のために撮影をすることになったが、撮るべきものがなにもない。

「なにしろ、劇団員がいなかったんだもの」

かき集められたメンバーは寺山夫妻、東由多可、横尾忠則、その他は私を含め、サロンの手伝いなどで寺山家に出入りしていた若者たち……全員が学生服とセーラー服姿で皇居前広場に行き、カメラの前に並んだのであった。

このときはまだ遊びの範疇であり、みんなが笑顔で劇団ごっこを楽しんでいた。

この写真を元に、横尾さんがデザインした俳優奇優募集のチラシやポスターが作られ、それを出版社やバー、喫茶店など手当り次第に配ったのである。

誰もが出かけるときにはチラシを持ち歩き、新宿、渋谷、六本木あたりの道端で通りすがりの人に手渡したりもした。

そして、広告取りに東京中を駆け回った。

劇団のある祐天寺の小さな商店街でも一軒一軒の店を訪問し、小口の広告をもらったりもした。これはすでに、サロンのパンフレット作りで経験済みだった。

千円だったか二千円の広告をもらうために、九條さんはわざわざ商店街で頻繁に買い物をしたり、美容院に行ったりもしたようだ。

「よくわからないのに、なんだか面白かったのよ、この頃はまだ」

創立から一年は、もっとも濃い時代であったが、誰にとってもなにもかもが初めてのことで手探りだった。

演劇実験室・天井桟敷の第一回公演の演目は『青森のせむし男』と決まった。

最大の問題は、公演は四月にせまっているというのに、主役が決まっていなかったことだ。

「あり得ないわよね。いま考えても恐ろしくて鳥肌が立つわ」

そして、寺山さんが決断する。

「丸山明宏（現在の美輪明宏）でいこうと思うんだ。それ以外、考えられない……電話でそういってきたのよ。おまけに、その依頼を私にやってくれって」

九條さんは歌劇団にいたころから丸山明宏のファンで銀巴里に通いつめ、そのうち楽屋にも出入りして可愛がられていたのだ。

「断られるのを覚悟で会いに行ったら、美輪さんが、エコ、いい人と結婚したわね、彼、才能あるわよ、っていってくれて……うれしかったわ」

美輪さんはその場で未完成の台本を読み、快諾したそうだ。

稽古が始まり、切符を手分けして売りに歩き……と、役者もスタッフも、劇団設立に関わった全員が猛烈に忙しくなった。

「松竹の稽古場が借りられないかとか、衣装や、大道具をなんとか出来ないかって、なにもかもが私にお鉢が回ってくる……手伝わざるを得なかった」

やがて全国から、俳優志望の老若男女が次々に劇団に集まってきた。

役者というよりは作家や絵描き、ミュージシャン志望、公務員やサラリーマン、単なる物見遊山、いくアテもなく上京した家出同然の少年や少女たちがそのまま居座り、親が迎えにくることも珍しくなかった。

私は寺山さんの脇に座り、そんな連中の面接に立ち会うこともあった。ほとんどが地方からやってきた若者であったが、中には中年の男や女が、それまでの人生をかなぐり捨てるようにしてやってくることに驚いた。

忘れられないのは醜女自慢の女が来たときの寺山さんの反応だった。それは正視するのがためらわれるような見事な醜女だったが、寺山さんはググッと身を乗り出し、醜女の顔をまじまじと見たのである。その残酷さに、私は思わず後ずさった。

「お控えなすって……」

いきなりヤクザの口上を始めたのは、長崎から家出同然でやってきた東由多可の高校の後輩、前田律子でセーラー服を着ていた。

寺山さんはニヤニヤと笑って見ている。

高校を卒業したばかりだというのに、変に大人びてセーラー服が全く似合っていなかったし、口上は聞いていられないほどたどたどしく、しかし、その気迫と痛々しさにこちらが打ちのめされた気分になった。

いきなり浪花節を唸る地味な少女がいて、これが天才的にうまく、このとき寺山さんの顔つきが明らかに変わった。

それまではまだ平面的であった芝居『青森県のせむし男』が、彼女の登場によって寺山さんの前に音をたてて立ち上がる瞬間であったと、いまになれば思う。

少女は桃中軒花月と名付けられ、初演の重要な役割を担うことになった。

侏儒役のタケちゃん（竹永敬一）は、東さんが渋谷の駅で見かけ、あとをつけて通っていたデザイン学校を突き止め、半ば強引に引き込んだのである。

「真面目だったのよ、オレ。学校を休まなくてもいいんなら、ちょっと面白いかなって、そんな軽い感じかな」

後にタケちゃんは、当時をそう振り返った。

私の芸名……青目海は、このころ決まった。

寺山さんと東さんは楽しそうに、劇団員にそれぞれ芸名をつけていた。

大山デブコ、新宿新次、支那虎、母恋情次、紫乱四郎、桃中軒花月、林檎童子など和風が続き、私の芸名は洋風にしようと寺山さんがいって、海、はすぐに決まった。

ギリシャ海、青い海、マリア海……候補はたくさん上がったものの決まらない。

「青目にしよう、青目海……」

突然、そう寺山さんがいって、私は青目海という名前をもらった。

探していた美少年役は、ひょいと現れた萩原朔美に決まった。

あの朔太郎の孫である。

「もう、寺山が興奮しちゃって。腫れ物に触るように大事にしてたわよね」

彼もまたタケちゃん同様入団の理由は曖昧で、それまでの厄介な自分を変えることができるかもしれないと思ったらしい。

「ところが、ホンも出来ていないのに、寺山は別の仕事でアメリカに行くっていい出すし……」

気がついたら、九條さんはどっぷり浸かっていたのである。

「あるとき、起きて階下に下りたら……そこいら中に変な人がいたのよ。正直いって怖かった」

階段にも廊下にも九條さんがそれまでの人生で見たこともないような連中がゴロゴロしてた。

「あっ、という間に、私たちのスイートホームは消えたのよ、まるで寺山がやってみせるマジックみたいだった」

青春の探しもの

「青目は、なんでサロンなんかに来たのよ」

九條さんが唐突に聞いた。

「なにやりたかったのよ」

「さぁ……」

十代の頃、私が東京の町をアテもなく彷徨っていたのは、ごくありきたりの理由だった。思春期に誰もが考える、どこかに行きたい、ここではない別の世界に本当の自分の居場所があると信じていたのであろう。

「わかりません。テレビが好きでした」

家にテレビが来たのは皇太子ご成婚の年であった。だからといって、自分の夢とテレビを繋げる手がかりはなにひとつ思いつかず、ただぼんやりとテレビという箱の中にある夢の世界を見つめているだけだった。

「青目は、不良だったの？」

「いえ、ぼんやりしてただけです。とにかく、勉強が全く出来なかった」

高校に入ってからも学校へはほとんど行かず、ひとりで毎日銀座をブラブラしていた。制服姿であったが補導をされることもなく、有楽町からあてもなく晴海通りをまっすぐ築地方面へ向かい、歌舞伎座で看板をしげしげと眺める。

ただそれだけ……毎日その繰り返しだった。

そのうち切符売り場のおばさんにあめ玉などをもらうようになり、さらに昼の部が終わる少し前になると中に入れてもらうようになった。ひと気のない二階だったか三階の席にもぐり込むと、だいたいは芝居は終わり、踊りの場面だった。

そしてまた、ブラブラと有楽町に戻るのである。

「おい、お前、何してるんだ、学校、どうしたんだ」

あるとき、目つきの鋭い男が声をかけてきた。

「ちょっと、来い……」

男は、有無もいわせずといった感じでズンズンと歩いていく。

私はドキドキしたものの、しかし逃げようとは思わなかった。

数寄屋橋の不二家の裏通りあたりだったか、男はビルの階段を下りながら振り返った。

「来いよ」

ちょっとうす暗い階段を恐る恐る下りていくと、招き入れられたドアの向こうには見たこともないような世界が広がっていた。

入り口から奥に向かって緩やかなカーブのカウンターがあり、それほど広くはないホールにはグランドピアノ。小さなステージを囲むように洒落たテーブルと椅子が並び、奥には革張りのボックス席があった。

「映画などに出てくるナイトクラブのようなところで、６９というジャズクラブでした」

「ローク……知らないわ。でもあの頃、東京にはそんな店がたくさんあったのよ」

男は店のオーナーだった。

「おい、いまみたいに、知らない男にノコノコついていくんじゃないぞ」

そういって、コーラを奢ってくれた。

「行くとこなかったら、いつでもここに来ていいぞ」

「まさに異次元の世界でした。早く大人になりたいって、そのとき思ったんです」

それから歌舞伎座の帰りには必ず店に寄り、大人の世界を垣間見た。別世界の男と女たちは、煙草を吹かしたり低い声で忍び笑いをしたり、歌の音合わせや楽器の手入れをしている。たまに近くを女が通り過ぎると、あたりに甘い香りが漂った。

しかし、そんなものをいくら眺めても自分の未来に繋がるものはなにひとつ見つからないのであった。

「とにかく、なにも知らなかったから、バカみたいに眺めていただけでした」

「若いって、そういうことよ。私だって踊り子になるなんて考えたこともなかった。早稲田を目指したのだって、なりゆきよ。私、勉強できちゃったから」

九條さんは、鼻先をあげてみせた。

勉強がさっぱりだった私は、卒業間近になっても大学に行く気も就職するつもりもない。親も学校も、本人の私も途方に暮れた。

そんなとき、本は好きで作文だけは得意だった私にシナリオの勉強をしたらどうかとすすめたのは国語教師だった。シナリオがどんなものかよくわかっていなかったが、大好きなテレビに関係があるらしいと聞いて行く気になったのである。

それは日本放送作家協会が主催する小さな教室で、私は最年少であった。

講師は当時売れっ子のシナリオライターだったが、内容はほとんどが芸能界の裏話や自慢話で退屈だった。そのなかに一人、居眠りが出来なかった講師がいた。シナリオ作家・早坂暁の授業は実に面白く、私たちになにか伝えようとする熱心さにも惹かれた。

具体的な内容は忘れてしまったが、シナリオの素材になる話のネタは大きな出来事のなかにではなく、日常の普通の暮らしのなかにこそある……それに気がつくことが才能である、というようなことだったと思う。

「へえ、さすがに早坂さんね……寺山もよく同じことをいってた」

主人公は特別な人でなくてもよい、むしろ特別ではない人、隣人や、電車やバスで隣り合わせに座った人、彼らの仕草、服装、持ち物、しゃべり方、飲み方、食べ方、話の内容……そういう中にこそ物語の元があるはずだという、早坂氏の人間への飽くなき好奇心や熱意が伝わってきた。

「本なんて読まなくてもいい、人を見るんです」

この一言は、本を読まないことに後ろめたさがあった私の救いになり、その後の勉強不足の格好の言い訳にもなった。

ある日、自前の巨大なテープレコーダーを抱え持ってきた早坂先生は、一本のラジオドラマを聞かせてくれた。

なにか賞をとったという新人のシナリオ作家の名前が、寺山修司だった。

内容は覚えていないが、使われている音楽に衝撃を覚えた。それまでのラジオドラマの音楽といえばクラッシックか、よくわからない前衛的なものが多かったのだが、寺山修司のドラマに使われていたのは演歌だった。

曲は都はるみの「あんこ椿は恋の花」で、ドラマの要所要所に、はるみ節と呼ばれれる唸りやこぶしが入るのである。

聞いていたほとんどの生徒たちが苦笑したり舌打ちしたりしたが、私は震えるほど感動しドラマが終わると思わず立ち上がって拍手をした。

なにか見つけた……ようやく見つけた、そう思った。

「へぇ、なんだろう。寺山はラジオは随分書いてるのよ、題名、覚えてる？」

「都はるみだけなんです、覚えているのは……」

教室の帰りに飛び込んだ本屋で寺山修司の本を探したが一冊しかなく、しかもそれは、宇野亜喜良の洒落た装丁の少女向けで、期待したものとは似ても似つかない。

「実にがっかりしました」

失望と怒りに任せ、翌日すぐに本に挟んであった読者カードに感想文を書いて送った。

「相当辛辣なことを書いちゃったんです、生意気なこと……」

「寺山は、面白がったんじゃないの。あの手の本に悪口書いてくる人は少ないもの」

卒業制作で書いたシナリオは、丸山明宏の「ヨイトマケの歌」を題材にしたもので、寺山修司が都はるみを使ったことを意識したのである。

最優秀賞は逃したが優秀賞をうけた。

「内容は、歌詞をなぞっただけのつまらないものでした」

しかし、その作品がきっかけでフジテレビから声がかかった。

「何してたの」

「番組の構成やってました。今でいう放送作家ですね」

「なんで辞めたのよ、いい仕事だったでしょ」

「簡単ですよ、つまんなかった」

仕事はつまらなかったが、ギャラはよく、一回分でアルバイトのひと月分になった。

「当時人気番組だった、スター千一夜、という番組で、初仕事は東海林太郎でした」

「え、東海林太郎……」

アハハ……と、九條さんが声を出して笑った。

「司会が三木鮎郎。長寿番組で完全にマンネリ化していた頃で、構成を若いモノにやらせようということで雇われたんです。でも、結局、ゲストは東海林太郎。なにも変わらない。プロデューサーもディレクターも、普通の退屈なオッサンばかりでした」

初仕事の打ち合わせで、私は東海林太郎にこう聞いた。

「なぜ、直立不動で歌うのですか」

脇にいたプロデューサーは、慌てて私の足を蹴った。

九條さんは、またアハハ……と笑った。

「そんなこと、聞く人いないわよ」

「でも、誰だって思ってることですよ。そういう素朴な質問が大事だと思ってたのに」

「で、東海林太郎は、質問に答えたの」

「上品に、笑っておられました」

当時のテレビ界には、本当は新聞社に入りたかったけれど採用されず、仕方なくテレビ局に入ったという男たちがたくさんいた。報道ならまだしも、そういう連中はテレビを舐めていて、バラエティや芸能人のインタビュー番組などをバカにしていたところがある。

全くやる気のないオッサンたちは、仕事が終わると売れない芸能人などを子分のように引きつれ、会社の金で飲んだり食べたりするのだった。

私はテレビの仕事にすぐに失望した。

一方で、新しいメディアで自分の夢を叶えようという若い男たちもいたが、彼らはまだやりたいことを実現できる立場にはなかった。

「テレビに面白い人が出てきた頃よね。永六輔と中村八大のコンビとか。不思議なことにNHKが洒落たものを作ってた」

「私にとってテレビ局は、ある種のワンダーランドではありましたけど」

当時は、関係者であればどのスタジオにも自由に出入り可能で、ドラマのスタジオにもぐり込めば、有名な俳優たちを間近に見られたし、リハーサル中のクイズ番組では回答者席に座らせてもらい、クイズに答えて遊んだりした。

そのうちスタッフと間違えられ、顔なじみになった歌手や俳優に煙草を買いにいかされたりして重宝がられたりもした。

「歌手とか俳優は、見た目は華やかでも大変そうでした。楽屋で大物女優がのびたモヤシソバなんか啜ってる姿を見てがっかりしたり……」

寺山修司から自筆のハガキが来たのはその頃のことだ。

「ボクの応接間に、遊びに来ませんか……そりゃ、行きますよ」

「で、テレビ辞めて、寺山修司を選んだってわけ」

「はい、迷いなく。ハガキもらって舞い上がったんです。なにもかもかなぐり捨てました」

「バカね……」

「それまで見聞きしたなによりも、というか、誰よりも寺山修司が面白かったんです」

「後悔しなかったの、後になって」

「してません」

「随分はっきりいうわね。でも、もしも辞めてなければ、別の人生があったわけよね」

「もしテレビ業界に残っていたとしても、私のような遊び好きはロクなことにはなっていないないと思います」

「そんなことわかんないわよ。芸能界の大モノに見初められるとか」

「でも、もしもですよ、例えば私が舟木一夫と結婚してたら、どうなるっていうんですか、幸せになったんでしょうか」

「ふふふ……バカね、舟木一夫が不幸になってるわよ」

九條さんがチラリと時計に目をやった。

すっかり夜は更けていた。

仲間たち

祐天寺の寺山家にはサロンの頃から、誰かしら大人の客が出たり入ったりしており、そんな人たちとの交流も楽しかった。横尾忠則、和田誠、宇野亜喜良、作家や映画監督、詩人、ミュージシャン、なにかよくわからない前衛アーティストなどが、ふらりとやってきた。

寺山さんは仕事の合間に三階の自室から下りてきては話の中に飛び込み、演劇談義や芸術論、激しい言葉の応酬が繰り広げられ、そんな光景を傍らで眺め目を見張るのは楽しかった。

「負けず嫌いだったから、得意になっている人をやっつけるのが好きだったのよ、寺山は」

一方で、黙って聞いているしかない私たちに寺山さんが話題を提供し、意見をいわせてくれることもあった。

そんな中で、あれよあれよという感じで天井桟敷が誕生した。

「劇団を作ることは、みんなに反対されたのよ。なかでも谷川俊太郎（先生）には、絶対に自分の金は使うなっていわれてたの。でも、サロンで作ったお金なんかすぐに底をついたわ」

初演は四月と決まったものの、本も出来ていないし役者も揃っていない。しかも、この頃から寺山さんの仕事は猛烈に忙しくなりはじめていた。

「あげくの果てには、寺山が取材でアメリカに行くことになったのよ。もちろん劇団の仕事じゃなくて、確か松本俊夫さんと一緒だった。寺山は二言目には、君はなにもしなくていいよ、なんていう割には、最後には私を頼るのよ。よそ様の子を預かっている訳だし、手を貸さざるを得ないじゃない」

いずれにしろ劇団の最優先課題は、チケットを売るために無名の天井桟敷劇の名を世間に広めることだった。

寺山さんのマスコミ対策には執念のようなものがあり、当時の新聞、雑誌、特に週刊誌をターゲットに巧みに利用した。あらかじめ記事になりそうな題材を提供し、細々としたネタを膨らませた話題を幾つも考え出したり、時には割いてもらえるスペースの大きさに合わせてタイトルまで考え、自ら記事を書いたりもした。

「例えばだね、見開きだったら、ボクのインタビューと写真も載せられる訳で……」

などといってレイアウトを描く様子は実に熱心で楽しそうだった。

その資料を届けるマスコミ回りは、ファックスもメールもないあの時代、もっとも重要な仕事であった。広報用の資料は、週刊誌や新聞、テレビなどの担当者あてに個別に作られ、寺山さんや九條さんがあらかじめ電話で連絡を取り、劇団員が届けるのである。

基本的に資料は手渡し、必ず担当者を捕まえなくてはならない決まりだった。

郵便で送っても見てもらえるとは限らないし、封筒を開けないままゴミ箱に捨てられる可能性があるからだ。

編集部の片隅の汚らしいソファで長い間待たされるのは常のことで、気がつくと忘れられ、担当者は出かけてしまうということもたびたびであった。中には寺山修司を嫌うものもいて、聞いただけでいやな顔をされ、資料さえ受け取ってもらえずハエのように追い払われることもあった。

マスコミ回りの結果は、電話ではなく劇団に帰って報告することを要求され、寺山さんは相手とのやり取りをこと細かく知りたがった。記事にしてもらえそうな場合は、どの程度の大きさか、ポスターやチラシの写真、あるいは自分の写真が載せてもらえるのか、インタビューが必要か……時には担当者の服装や美醜まで報告させられた。

断られた場合の相手の態度が意地の悪いものだったか、それとも単に興味がなかったのか……私と相棒だったピヨコはそんなことまで観察することを要求された。

「敵を知りたかったのね、寺山は……相手を知らなければ戦いようがないっていって、私もマスコミ回りから帰ると、根掘り葉掘り聞かれたわ」

相手を知ると売り込みの作戦を新たに考え出し、九條さんも私たちも再び指示にしたがい敵に向かったのだった。

しかし、ここで問題が発生した。

地方出身の劇団員の中には、出かけても目的地に辿り着けず、帰ってこれないものが続出したのである。

寺山さんや九條さんがせっかく取り付けた雑誌の担当者との約束の時間に間に合わなかったり、あげくの果てには迷子の劇団員から電話がかかり、九條さんが車で迎えに行くなどということもあった。

そんなことでマスコミまわりは九條さんが中心となり、そのアシスタントとして東京出身の私とピヨコが担当することになった。

「不思議なコだったわね、ピヨコ……」

九條さんが懐かしそうにいった。

ピヨコがなぜ天井桟敷に入ってきたのかはわからない。恐ろしく繊細で、化粧気のない顔におかっぱ、切れ長の目は鋭く、酒を飲ませると殺気が漂った。荷物を持つのが嫌いでバッグの類いは持たず、お尻のポケットにいつも文庫本を入れていたが、なにを読んでいるのかを知られないように表紙は破り捨てられていた。

白いコットンパンツにアイロンの効いた青山ウインザーの綺麗なシャツのピヨコと、朝っぱらからディスコ用の派手なドレスの私のコンビはまるで不釣合いだったが、笑いのツボがよく似ていて、出会った途端に打ち解け、やたらゲラゲラと笑い合ったものだ。

「よく覚えているわ。笑い声が聞こえてくると、あぁ、青目とピヨコが来たなって、すぐわかった」

考えてみると、箸が転がってもおかしい……そういう年齢だったのである。

そしていつの間にか劇団の中には、自然にいくつかのグループが出来た。

地方出身の家出組は、役者志望、演劇青少年、作家や詩人、イラストレーターを目指すものなど、いずれも熱烈な寺山信奉者で野心満々……そんな中でピヨコと私は完全に浮いていた。

「いろんな子がいたわねぇ。でも、面白いのよ、張り切って入ってきたコたちの方が消えるのが早かったの、なぜか……」

九條さんが、何人もの名前をあげた。

劇団には、ありとあらゆる仕事が際限なくあったが、なにしろ社会に出たことのないものにとっては、なにをするにも時間がかかり誰もが疲れ果てた。

「疲れたのは、こっちよ。なにしろ、なにも知らないから一から教えないといけないんだから」

劇団内では、九條さん、と呼ぶものはなく誰もが、奥さん……と呼んでいた。

「奥さん、奥さん、奥さん……いまでも、その声が耳に残っているわ」

みんな九條さんが大好きで、頼りにしていた。

東京出のものたちは、ほとんどがなんとなく派で、演劇などとは無縁、自分がやりたいことがわからないから劇団に入った、というようななんとも頼りないものたちであった。

なんとなく派のメンバーは、萩原朔美、山崎博、タケちゃんこと竹永敬一、そしてピヨコと私がレギュラーで、その他は日替わりのゲストのように誰かが加わったり、いつの間にか消えていったりというふうだった。

「あなたたち、仲が良かったわね、よく覚えてる」

早めに仕事が片付くと、なんとなく派は連れ立って祐天寺の駅に向かった。

その様子を九條さんは見ていたらしい。

「あの頃、私……一番辛かった時期かな」

いつも溌剌とみんなを仕切っていた素敵な奥さんの意外な言葉に驚き、なにかいいかけた私を九條さんが遮った。

「ものすごく、孤独だった」

寺山さんが部屋で原稿を書き始めると、いつもなら階下で過ごす九條さんはいき場を失ったのだ。夫婦の私室は三階にしかなく、階下に降りると劇団員がゴロゴロしていたので外に出るしかなかった。

「いきなり、ひとりぼっちになっちゃった感じ……」

喫茶店にでも行こうと祐天寺の商店街に出ると、私たち東京組の姿が見えた。

それはまるで放課後の高校生のようだったらしい。

「みんな痩せっぽちで肩のあたりなんか、か細くてね……なんだ、まだ子供なんだ、あのコたち、そう思ったわ」

　時々立ち止まり熱心に話し込んでいるかと思うと、子供のようにじゃれあい楽しそうに笑い声をあげる。

　九條さんは、そんな様子を眺めながら感慨に耽ったそうだ。

「あれはね、ついこの前までの、私たちの姿だったのよ。妹や寺山の友達がいつも集まって、なんていうことなく遊んでた。中心にはいつも寺山がいて……みんなが彼を大好きだった。そんな人と私は結婚したのに」

　そんな関係は劇団が出来たことで、なにもかもが変わってしまった。

「寺山はいつだって私のほうを見ていたし……安心しきっていたのよ」

　九條さんは自分の居場所を失い、結婚して初めて孤独に苛まれていた。

「いい奥さんでいようと思ってたのに……これからどうなるんだろう、私はなにをしたらいいんだろうって」

　当時の九條さんの気持ちを知っているものは誰一人いなかった。

「悩みがあるとき、いつもだったら寺山に聞けば、すぐにドンピシャの答えが返ってきたものだけれど、そんなことを話し合える時間もなくなったのよ」

　九條さんの孤独に気がつくものはいなかった……寺山さんでさえ。

そして、確かに私たちはまだ子供だった。

タケちゃんはデザイナー志望で、デザイン研究所に通う学生だった。ガリ勉タイプで友達はなく、劇団に入ったことで思いがけず仲間が出来た。タケちゃんは、それがうれしくて仕方がない。

中でもタケちゃんは萩原クンが大好きで、しかし、照れくさくてなかなか親しく関われないでいた。みんなで並んで歩いていると、タケちゃんは私に思いきり体をぶつけてくることがあった。よろけて隣の萩原クンにぶつかるといかにも不愉快そうな顔で睨まれるのは私で、タケちゃんはそれをみてケタケタと笑い面白がるのだった。まるで中学生だ。いや、小学生並みだった。

当時の若者のほとんどはみな、擦り切れ膝の抜けたコールテンのズボンに毛玉の出たセーターを着ていたが、タケちゃんだけはオーダーメードの三つ揃いのスーツやブランドものの服を身につけていた。

センスが良くて、あちこちの店をまわって私の服のコーディネイトをしてくれたりもした。

萩原クンは、座っているときにはいつも貧乏ゆすりをしていた。そして、左手の中指で耳の後ろをさするクセがあった。

カメラマンになるという夢を持っていた山崎クンは穏やかな地蔵顔で、話し始めるときに下唇をちょっと噛んではじいた。そこから発せられる山崎クンの会話には、いつも難しい言葉が出てくる。寺山家での大人の集まりにも、難しい言葉の応酬を楽しむように議論のリングに躍り出た。

そんな様子は頼もしくもあったが、私やタケちゃんにはさっぱりわからない。

「ねぇ、さっきの形而上とかなんとかって、なによ」

私が聞く。

「う〜ん、おバカなキミは、多分、一生使わない言葉だと思うから、別に知らなくていいんじゃない」

などと山崎クンははぐらかす。

タケちゃんがおどける。

「てへっ、いえてる、オレも使わないだろうな、でも、なにそれ……」

多分、山崎クンは私たちにわかりやすく説明してくれたに違いないが、理解は出来なかったし彼のいうように、それから一度も使うこともなかった。

あるとき、萩原クンと山崎クンがアルバイトをしていたという行きつけのジャズ喫茶に行くことになった。途中、彼らの日大の同級生、ガイラこと小水一男と秋山道夫と新宿で落ち合い、ビザールに向かった。

この店の初代のボーイはビートたけし（北野武）で、村上春樹もバイトをしていたらしい。

そんな縁で、ガイラは後にたけしの映画に関わることになり映画監督になった。

ビザールの入り口で萩原クンが怖い顔でいった。

「タケちゃん、おしゃべり厳禁だからな。青目、絶対にナット・キング・コールなんて恥ずかしいリクエストしないでくれよ」

ノッポのガイラがゲラゲラ笑う。

「いいねぇ、ナット・キング・コールかかったら、連中、どんな顔するかな」

店内に入ると、大音響の中で暗い顔の若者たち、ガイラのいう連中が俯いて神経質に貧乏ゆすりをしていた。

私もタケちゃんも初めは神妙にしていたがすぐに飽きてしまい、外で待っていることが多くなった。店の入り口に二人で座り込み、おしゃべりをしながらみんなが出てくるのを一時間でも二時間でも待っていた。

タケちゃんがいないときには、秋山道夫が付き合ってくれた。彼は後にメディアプロデューサーとして、幅広い分野で才能を発揮したらしい。

吃音の彼は、なぜか私と話すときにはドモらなかった。

「どうしてかな……」

と、彼も不思議がった。

内容は忘れたが彼の話はいつも私を喜ばせ、薦めてくれた本はどれも面白かった。

いま思えば、私が好きそうな話題や本を選んでくれたのだと思う。

それから、金があればみんなで飲みに繰り出し、なくてもなぜか別れ難く、ただ新宿を明け方までうろつき、一番電車で帰るのが常だった。

あるとき、誰か遊び相手がいないかとビザールに行くと、コルトレーンがかかっていた。そのうち誰かしら現れるだろうと待っていたが、誰も現れない。

私は堪りかねて叫んだ。

「うるさ〜い！」

当然、店をつまみ出され、以来出入り禁止となった。

かつて寺山さんと九條さんも通った風月堂を皮切りに、頻繁に新宿に出入りするようになったのはこの頃からだったと思う。

やがてそんな呑気な時間は、なくなっていった。萩原クンは役者の他に寺山さんの手伝いをするようになり、山崎クンも舞台監督としての仕事に忙殺されるようになったのである。

私とピヨコは、ひたすら出版社回りとスポンサー探しに明け暮れた。自分がどのような立場で、なんのために動いているのかわからないくらい忙しかった。

「私だって、同じよ」

「九條さんがわからないんだから、私たちにわかるわけないですよね」

実際、台本を読む時間も稽古場に行く時間もなく、自分たちがどんな芝居をするのか見当もつかなかった。

「あなたたち、どんな芝居かって聞かれることなかったの？」

「ありましたよ。でも、実はよくわからない……とにかく、面白いんです、寺山さんがそういってます、なんて大威張りで答えてましたよ」

「アハハ……とにかく、目の前の仕事を片付けないと、なにも進まなかったのよ」

　納得できないまま、九條さんもひたすら働き、私とピヨコも考える暇もなく、東京中を走り回ったのである。

　そして、一九六七（昭和四十二）年、四月、舞台の幕が上がった。

やがて、頼りにしていた九條さんとも事務的なやり取りだけになり、そのうちマスコミやスポンサー回りの指示や資料の受け渡しなども、秘書経由になっていった。

「なぜか、寺山さんの秘書を名乗る女が何人もいて」

「ふふ、いたわねぇ。あれは、寺山の作戦よ。競わせてたのよ」

「私もそうですが、サロンから来たコが多かったですね」

「そうそう、寺山に誘われて大喜びで参加したのに働かされるだけで、すぐ辞めたコが何人もいたわ。劇団創立から寺山が亡くなるまでいてくれたのは、田中未知だけじゃないかしら。前田律子は秘書だけではなくて制作、その他あらゆる雑用を引き受けてくれた。偏陸も寺山の個人アシスタントとして、それこそ二十四時間体制で付き合ってくれたのよ」

田中未知はサロンでギターの弾き語りを披露し、後にカルメン・マキの『時に母はのない子のように』の作曲で一世を風靡した。

高校在学中に淡路島から家出同然に上京した少年、森崎偏陸はそのまま劇団に住み着き、寺山さんが亡くなったあとは、母・はつと同居し、後に養子になった。

その日、九條さんと私は、銀座の小さな天ぷら屋のカウンターに並んでいた。

そして、あっ、と二人で同時に思い出したことがある。

当時、劇団の壁一面には切符の売り上げを競わせるために、棒グラフを示したボードが張り付けてあった。

「あれ、私は反対したのよ。いやな感じでしょう、悪趣味よ」

もちろん、棒グラフの高さは寺山さんと九條さんがダントツに高く、次に続くのは東京出身のものたちであった。

私は、劇団に行くと勝手にマジックで自分の棒グラフを伸ばしていた。

「え、自分で伸ばしてた……そんなズルしてたの」

「はい、売り上げが少ないって、しょげてる奴のも伸ばしてやりました」

「なんだか、おかしいと思ってたわ」

「棒グラフは伸びても、入金はほとんどしてませんでした」

「威張るんじゃないわよ」

集金したとしても、家賃が払えないもの、電気やガスを止められたもの、食うや食わずの劇団員たちに配ってしまい、いい気分になっていたのである。

あるとき、劇団に戻ると玄関先に、何人かいた秘書の一人が仁王立ちして待っていた。私とピヨコが、お代官さまと呼んでいた女だ。

「痩せた？」

ピヨコがいきなりいった。

劇団員が疲労と空腹で日に日にやせ細る中、なぜかお代官さまだけは会うたびに太っていくのは、天井桟敷の七不思議といわれていた。

ピヨコの言葉にお代官さまの顔が明らかに引きつった。いつも汗ばみ、額には濡れた髪の毛が張りついている。口調は常に命令調で威張っていた。

「寺山さんの、指示です。寺山さんが、そういってました。寺山さんが……」

彼女は二言目には水戸黄門の印籠を掲げるように、寺山さんが……と、きれいな声で宣うのだった。

「それがどうした」

あるとき、ピヨコがすごんだ。

「アイツ、いつかシメてやる」

そのうちやるに違いない……と、私は楽しみにしていた。

玄関先で立ちふさがるように立っていたお代官さまがいった。

「切符代、払いなさいよ。さっき小学館に電話して確認したのよ。集金したでしょ、持ってるんでしょ、出しなさいよ」

「え、なんのこと」

私はとぼけながら、気色ばんで前に出ようとするピヨコを肩で遮った。ピヨコは言葉より先に手や足が出るタイプの危険な女なのだ。

「早く出しなさいよ、切符のお金。あちこち電話して、あなたが切符代集めたの調べてあるのよ」

　これからどんな展開になるのだろう……面白い、と思った。

　私がハンドバックを逆さにして中味をぶちまけると、お代官さまは這いつくばってそれを漁ったが金はほとんどない。

「どこに隠したのよ、小学館だけでも二十枚分以上あるはずよ、調べはついているんだから」

「へェ……脱げっていうの」

　一瞬、お代官さまは怯んだが、さらに詰め寄ってくる。

「じゃあ、脱ぎなさいよ」

　いつの間にか、劇団員たちに遠巻きに囲まれていた。

　私はその日、赤い鹿の子柄の着物に黒い繻子の帯をしていた。末広亭で上演されることになった『大山デブコの犯罪』の宣伝に回るには着物がいいと思ったからだ。

その頃は広報の仕事にも飽き飽きし、あまりに疲れて夜遊びをする気にもなれず、なにも楽しいことがなかった……そして、退屈していた。

それを凌ぐために、広報回りの衣装にさまざまな工夫をしていたのだ。

私はゆっくりと帯をほどいた。

「手伝いなさいよ」

そういってお代官さまに帯の端を持たせると、彼女は薄い唇をゆがめてこちらを睨みつけている。たまにはこういうハプニングもいい、と私は思った。

「早く、引っぱりなさいよ」

私がそういうと、彼女は顔を引きつらせて思いきり帯を引いた。

「ひぇ～、お代官様、お許しを～」

私は芝居がかった叫び声をあげながら、くるくると回った。笑いを取ろうと思ったのだ。取り囲んでいるみんなに笑ってもらおうと思ったのに、弾けるように笑ったのはピヨコだけだった。

それどころか、みな凍りついたように息を殺して見守っている。ちっ、と思った。

話を聞きながら、九條さんはケタケタ笑い、バカね……といった。

「笑いますよね、普通……」

「笑わないわよ、あの子たち」

私は、くるくる回りながら帯板や胸元に押し込んであった札を、天井に向かってばらまいた。なんという悪ふざけ、なんという荒んだ行為だったろうと、当時の自分の気持ちを思い出し、気が滅入った。

そういうと、ごめんね……と九條さんがつぶやくようにいった。

「彼女、一生懸命だったのよ。寺山のことが好きで好きで……アンタみたいな悪者から寺山を守ろうとしたのね」

十枚、二十枚……札が舞い、お代官さまは這いずり回って札を拾い集め、劇団員に向かって叫んだ。

「拾って、早く、拾いなさいよ」

しかし、札を拾うものは誰もおらず、ただ突っ立って見ているだけだった。

あぁ、つまんない……と、思った。

落ちていた札を何枚かつかむと、私とピヨコは外に飛び出した。

「話は聞いてたけど、詳しいことはわからなかったのよ。夜になって寺山に会ったら、ものすごくビビってたわ。キミ、ボクがやらせたんじゃないよ、絶対、違うからね、って」

そして、寺山さんが急に声をひそめていったそうだ。

「キミ、切符代払ってる？」

九條さんは、ゲラゲラ笑い出した。

「払ってなかったのよ、寺山も私も……寺山は忙しかったのと、私はね……」

九條さんはぺこりと私に頭を下げた。

「すみませんでした、お金なくて、いや、なかったわけじゃないけど、忙しくて銀行に行く暇がなかったのよ。生活費に使い込んでました」

寺山さんは財布を九條さんに預け、こういったそうだ。

「あんなことがあってボクがすぐに払うのも具合が悪いよ。頃合いをみて、キミが清算して……あ、青目の分も払ってやって。どうせ払わないに決まってるよ、彼女」

「だから、アンタには貸しがあるのよ」

初耳だった。

白木のカウンターに、穴子の天ぷらが来た。

「ほら、食べたかったのでしょう」

会う約束の数日前、なにが食べたいか聞かれて即答したのが、穴子の天ぷらであった。天ぷら屋ではあったが、私たちは酒が主体なので、ゆっくりと出すように指示していたらしく、絶妙なタイミングで山菜の天ぷらも出てきた。

「時期が早いけど、無理をいったのよ。お礼いいなさいよ」

私は立ち上がり、カウンターの中でニコニコと微笑む板さんに深々と頭をさげた。

私は、ほぼ無我の境地でそれらを味わった。

「いつもお腹を空かせていたわよね、あの頃のみんな。打ち合わせしてても、みんなのお腹がグーグー鳴って……」

「いまでも、いつもお腹空かせています」

「台所でなにか作ってると味見させろってやってきたわよね、誰かさん」

「へへへ……九條さんの肉団子、大好きでした」

九條さんが自分の穴子を私の前に置いた。

「なにが味見よ、三つも四つも平らげて……」

私は、サクサクと音を楽しみながら穴子を頬張った。

そういえば、天ぷらで思い出す人物と小さな事件があった。

第二回公演が終わった頃であったろうか、相変わらずそれぞれが忙しく、貧しく、みんながお腹を空かせていた。

三時すぎからスタッフの打ち合わせがあり、みなが集まり始めた頃、私とピヨコが陰で童謡歌手と呼んでいた女がやってきた。

東さんが連れてきた早稲田の後輩で、とても可愛らしく寺山さんのお気に入りだった。まさに掃きだめに鶴といった存在で、ショートカットのピカピカ光る前髪の下にはパッチリとした大きなお目目、チェックのプリーツスカートに紺のブレザー、真っ白なブラウスの襟元には臙脂色のリボンが結ばれていた。

まるで童謡歌手がそのまま大人になった、という具合いなのである。

彼女は入ってくるなり、歌うようにこういった。

「どなたか、お腹空いている方いらっしゃいませんか。ワタクシお昼を食べ損なって、増田屋さんに出前頼みますけれど」

みなお腹は空いている。しかし、出前を頼む金を持っているものはなかった。

童謡歌手はダイヤルを回しながら可愛らしく首を傾げる。

「どなたもいないのですか……ひとつでも持ってきていただけるかしら……あ、増田屋さんですか、二丁目の寺山ですけれど、天ぷら蕎麦ひとつお願いできますか、えぇ、ひとつ……いいですか、あ、ありがとうございます」

て、て、天ぷら蕎麦……よりによって、天ぷら蕎麦。部屋のそこかしこで、グーとお腹の鳴る音がした。

童謡歌手は私たちの前に座るとつぶらな瞳をまっすぐにこちらに向けてこういった。

「お久しぶりですね。お元気でしたか」

あぁ、なんて爽やかなんだろう。

やがて、彼女は恭しく湯気の上がる丼をテーブルに運び、可愛らしいお口でズズッと音をたて蕎麦を啜った。丼をかき回すたびに天ぷら蕎麦の匂いが部屋中に充満していく。拷問に等しい。ある種の暴力だ、テロだ。

と、いきなり役者のニゴさんが立ち上がった。

「青目、いこう……ピヨコも来いよ」

なんのことかはわからなかったが、私とピヨコはニゴさんのあとに続いた。

彼は天井桟敷の中で唯一といっていい本物の役者であった。

芸名の下馬二《ニ》五《ゴ》七《シチ》は天井桟敷の住所で、寺山さんがこの芸名に合う役者を待っていたところに彼が現れたのである。

どこか有名な俳優養成所の研究生だったが、早く舞台に立ちたくて天井桟敷にやってきたものの、芝居が上手過ぎて寺山さんに叱られるという不条理に見舞われていた。寺山さんが求めていたのは存在感で、役者としての器用さを毛嫌いしていたのだ。彼は中肉中背、善良を絵に描いたような凡庸な顔立ちで、おまけに演技がうま過ぎるという不幸な役者だった。

ニゴさんは、祐天寺の商店街をズンズン進み、やがて増田屋に入っていった。

「なんでも好きなもの食べなよ、奢るよ。オレは天ぷら蕎麦」

「え、いいの？」

「昨日、仕送りが届いたんだ」

ニゴさんは、劇団の中で親から仕送りのあった稀有な人で、みんながアルバイトをする時間には、ダンスや歌の教室に通っていた。

「オレは滅多に腹を立てないタチだけど……嫌いだな、いくら可愛くてもさ、あんな無神経な女は大嫌いだ」

いつもは穏やかなニゴさんの怒りの含んだ言葉に私もピヨコも驚いた。

私たちは、そのあと黙って天ぷら蕎麦を食べた。おいしかったので、しゃべったりして気が散るのがいやだったのだ。

九條さんはちょっと鼻にかかった声でドレミファソラシドォと、歌うようにいつまでも笑い続けた。

それから、ちょっと迷ったようにこちらを見た。

「まぁ、あの頃、人にいえないようなこともあったわ……初めていうんだからね、誰にもいっちゃダメよ。寺山にもいわなかったんだから」

私は、最後の穴子を口に運んだ。

「初めは、私の時計だった……なくなったのよ」

えっと、驚いて、まだろくに味わっていない穴子を飲み込んでしまった。

「どこかに置き忘れたかなと思ったけれど、違うのよ、ないの。誰かが私たちの私室に入ったのよ」

それから、寺山さんの財布から札が抜かれていた。

「キミ、ボクの財布からお金を抜いた？」

そう聞かれて、九條さんは盗まれたことに確信を持った。

「ものすごいショックで……足が震えちゃったわ。なぜかわからないけれど、これは寺山にも、誰にもいわないでおこうって思ったの」

当時、マスコミには面白おかしく取り上げられ、天井桟敷は家出少年や少女を集めた角兵衛獅子のような集団だと書かれたりして、寺山さんは気にしていたらしい。

劇団に入ったために職を失い、借りていたアパートを追い出されて劇団に住み着くものも増えてきた。

「一部のスタッフにはお金を払おうかという話も出ていたのよ」

しかし、それでは劇団が成り立たない。

研究生制度にしてお金を徴収しようかという話も出たが、そうなると劇団を辞めざるを得ないものが出てくる。

やがてスタッフの一部を除いて劇団に泊まることが禁止され、アパートのあるものの家に何人かが泊まり込むことになった。

しかし、それも長く続かずうやむやになった。

崩壊の予感

なにがあろうとピヨコとの日々は楽しかったが、一方で劇団内は常にピリピリとした空気が流れどんよりと濁り始めていた。そんな中でも私たちは何かしら面白いことを見つけては、相変わらず声をひそめて笑い転げていた。

寺山さんの姿は滅多に見かけなくなった。

萩原、山崎は舞台監督として、ほとんど泊まりがけで仕事をし、その忙しさは尋常ではなく、みるみるうちに頬が瘦けていった。

タケちゃんは多分、卒業制作や就職活動が忙しかったのだろう、滅多に顔を見せず、以前のようにつるんでジャズ喫茶に行くなどということはなくなっていた。

「萩原、ちょっと……」

時々、寺山さんが階下に顔を出すと萩原クンが呼ばれた。寺山さんは、雑誌の取材やマスコミ関係が訪ねてくると、よく萩原クンを同席させた。

萩原クンが寺山さんに贔屓されている、と劇団員から不満が出始めていた。

「してたわよ、贔屓。そりゃあもう、朔美さんが入ってきたときの寺山の興奮たらなかったもの」

そのときの寺山さんの喜びようを、九條さんはよく覚えていた。

「寺山は、彼をもの書きにしようと思ってたのよ。朔美さんがどう思っていたかは知らないけれど。自分の作った劇団で、朔太郎の孫を育て上げる……そんなことを目論んでいたみたい」

劇団員の中には焼きもちがらみだろう、萩原クンをからかうものもいた。

あるとき、理由は分からないが、何人かが寺山さんにこっぴどく叱られたことがあった。そのあと、いつものように寺山さんに呼ばれた萩原クンが戻ってくると誰かが聞こえがよしにいった。

「萩原、ちょっと、ちょっと、萩原……いいよなぁ、贔屓されてると仕事できなくても怒られないものな」

いやないい方だった。

子供の頃からの苦い体験もあり慣れていたのだろう、いつもなら無視する萩原クンが珍しく顔を真っ赤にして怒りをあらわにした。

「贔屓なんて絶対ない。寺山さんはそんなことする人じゃない」

ああ、萩原クンは寺山さんのことを大好きなんだな、と納得した。

「私はわかってたわよ。寺山が可愛がるから僻んでる子たちがいるって。でも、どうにもならないじゃない、寺山にとって朔美さんは特別な存在だったのよ」

劇団の中に遊び相手がいなくなった私とピヨコは、この頃から頻繁に風月堂に通うようになり、新しい世界が広がり始めていた。

夜は酒が飲めておしゃべりも自由にできるジャズバー・キャットの常連になった。

四十年以上も経ったいまでも、私がひとりで通えるバーだというと、九條さんが乗り出した。

「あ、そこ行きたい。連れてってよ」


あるとき、萩原、山崎、タケちゃん、ピヨコと私、いつものメンバーが揃った。

久しぶりのことで、なんだか面映ゆく会話が弾まなかった。

夕方だったと思う。みな疲れ果て、足を引きずるように祐天寺の駅に向かってダラダラと歩いていた。

その日は特に忙しい一日だった。

徹夜で朝まで作業をし、とはいえその作業というのがなんであったのかは思い出せない。その徹夜明けにも仕事は待っていて、仮眠してからそれぞれが出かけたり、いいつけられた仕事をこなし、その報告のために午後に劇団に戻った。

私は倒れ込むように眠ってしまっていたらしく、目を覚ますと部屋のそこかしこに行き倒れのように劇団員が眠っていた。

　ピヨコ、萩原、山崎、役者たちやスタッフ……泥のように眠るというのはこういうものだと知った。

　そこに学校帰りのタケちゃんがやってきた。相変わらず三つ揃えのスーツを着て、シャツの首元には女物のスカーフをリボン結びにして、まるで別世界の人だった。

　タケちゃんは、ガールフレンドが作ったという大きなパンケーキを持ってきてくれ、何人かが起きてそれを食べた。誰もお茶を淹れない。水をガブガブ飲みながら、黙ってむさぼるようにパンケーキを食べた。

　そして夕方、久しぶりにいつものメンバーで祐天寺の駅に向かったのだった。

「どうしたのよ……」

　タケちゃんが萩原クンに声をかけた。いつだって、異変に気がつくのはタケちゃんだった。萩原クンの元気がなく、いつも以上に暗い顔をしていたからだ。

「九條さんが泣いたんだ」

　萩原クンがいった。

　みなが立ち止まり、彼を取り囲むようにして次の言葉を待ったが、答えない。

「なんでよ」

　焦れて私が詰め寄るようにいった。それでも、黙ってうつむいているのだ。

焦れてもう一度聞いた。

「泣いたんでしょ、なんで泣いたのよ」

「わかんないよ……」

萩原クンは怒ったようにいった。

「でも……とにかく、すごく泣いたんだ」

すごく……のところでアクセントを強め、まるで芝居の台詞のようにいった。

「どこで」

「上の部屋……」

夫婦が私室として使っていた三階の居間にはレンガの素敵な暖炉があって、もっともそこで薪が焚かれたことはなく、ガスだか電気のストーブが置いてあった。

その部屋で九條さんは倒れ込み、顔を覆って泣いたのだという。

「部屋中をゴロゴロ転がって……暖炉にぶつかると、反対側の壁まで転がって……それからまた、暖炉にもどって」

私はその姿を想像して胸が詰まった。泣いている理由もわからないのに、九條さんの悲しみが自分の胸を締めつけるような気がした。

萩原クンは相当ショックを受けた様子だった。

「女の人があんなに泣くなんて……びっくりした。初めて見たよ」

「誰がいたの？　寺山さんは？」

「いたよ……寺山さんと東さんと、オレ」

「それでどうしたの？」

「どうもしないよ」

「泣いてたんでしょ」

「うん……」

「見てただけなの？」

「うん……」

　山崎クンが、唸るようにいった。

「マズいよ、マズくない？　それ」

「気違い沙汰だよ、みんな疲れて狂ってる」

　珍しくタケちゃんが真顔でいった。

　三人の男が見下ろす中、顔を覆った九條さんが、床をごろごろ転がりながら泣いている姿が、まるで自分が見たかのように頭に焼き付けられた。

　それからしばらく九條さんの姿を見なかった。

　その話を九條さんは記憶をたぐるように聞いていた。

「そう……そんなこと、あったの」

九條さんは、他人事のようにいった。

「あの頃から私、しょっちゅう家出してたのよ」

寺山さんは益々忙しくなり、九條さんや劇団員の仕事は増え続けた。疲れや不満が溜まり、部屋の片隅や階段の脇、あるいはひと目のない玄関先で声をひそめた小競り合いや愚痴、ラチもない噂話が繰り広げられた。

その諍いや不機嫌さはユーモアに欠け、実にみっともないものに見え、ピヨコと私は憤慨した。いやだなぁ、楽しいことがなにもない、と思った。

天井桟敷は私とピヨコのワンダーランドのはずなのに、劇団内では笑うことも憚れるような雰囲気が溢れていた。

さらに、劇団員の中には留守がちな私たちのことを知らないものも出てきて、とがめるような口調で、どちらさまですか、などと聞かれることもあった。

「まさかぁ」

九條さんが驚いた。

「本当ですよ、私たちのこと知らない新人がいましたよ」

当然、私たちの足は祐天寺から遠のき、天井桟敷との距離は広がるばかりだった。

「このコたち……青目とピヨコ、辞めるだろうなって思ってたわ。東さんが辞めるのも時間の問題だと思ってた」

あれはいつの公演だったろう、横尾忠則の舞台装置が大き過ぎてどうやっても搬入出来ず、困り果てた東さんが半分に切ろうとしたところ、居合わせた横尾さんの逆鱗に触れ装置を持ち帰られてしまった。

「覚えてますよ。東さんが真っ青になって……結局、どうしたんでしたっけ」

「さぁ、幕が開いたのだから、なんとかしたのよ、覚えてないわ」

そんなあるとき、東さんが劇団を辞めて長崎に帰るといいだした。演出していた『毛皮のマリー』の公演が間近にせまっていたころのことだ。

主役の丸山明宏と東さんの感性は真逆で、全く噛み合わない。

「私は、両方の気持ちがわかるから途方に暮れたわ。ようやく寺山が稽古場に現れ、助け舟が出ると思ったらとんでもない、今度は寺山にコテンパンにやられてしまう。東さんの心は折れてしまったのね」

そして、東さんは東京駅から寺山さんに別れの電話をかけてきた。

「寺山は慌てちゃって、私に泣きついてきたのよ。連れ戻しに行ってくれって」

九條さんは、東京駅にいた東さんを引きずるように祐天寺に連れ戻したそうだ。

「可哀相だった……美輪さんも手強かっただろうけど、あの芝居は出演者がほとんど新宿あたりのオカマバーから探し出した連中で、まだお子ちゃまだった東さんには手に負えるはずなかったのよ」

東京もん

天井桟敷の第一回公演『青森県のせむし男』は大入り満員ですぐに再演、さらに再々演され、それと同時進行で第二回公演の『大山デブコの犯罪』の準備が始まり、九條さんや私とピヨコの忙しさは常軌を逸したものだった。

「私たち、ナニしてたのでしょう」

「知らないわよ」

九條さんは、邪険にいった。

「覚えてないわ……とにかく割り当てられた仕事をこなすだけで精一杯だった」

具体的に何がどう忙しかったのかの記憶は、九條さんにも私にも全くない。

しかし、なにか切羽詰まったような気持ちで東京中を走り回っていたことだけが記憶にある。

「ようするに、素人だったから動くしかなかったのよ。寺山だって芝居の世界を知らないし、経験があるっていっても私は舞台に出ていて、裏のことなんてなにも知らないわけで……いい出しっぺの東さんは学生演劇でしょう。無謀としかいいようがないわ」

　そして一方で、寺山さんの忙しさも加速していった。

「寺山は動けないから、思いついたことを色々いうわけ。スポンサー探しも、マスコミへの売り込みも、こちらの都合なんてお構いなし。移動中のタクシーからペコちゃんをみると、スポンサーにどうだろう、なんていいだすのよ。芝居の出演者としてペコちゃんのために新しい役を作ってもいい……向こうも喜ぶんじゃないかって」

「不二家ですよね、行ったんですか」

「アハハ……追い返されたわ。誰も寺山修司も天井桟敷も知らなかったわ。とにかく、こっちはなにも知らない、分からないからいいなりになるしかないじゃない。コネもないからいきなり訪ねていくしかなかったのよ」

　私とピヨコも訳も分からず、寺山さんが選んだスポンサーになってくれるような中小企業、あるいは大企業に手当り次第に突撃したのだった。

「寺山からしたら、いままでにはなかった芝居、というか、新しい芸術集団、というのが売りだったんだろうけど、寺山修司なんて名前を知っている人はまだ少なかったし、知ってる人の中にはいかがわしいと思っている人もいたわけだし」

　確かに、問答無用で追い返されたり、しつこく食い下がり怒鳴られたりもした。

「そりゃそうよ、わけの分からないものがいきなりやってきて、お金の無心をしたのだから……私だったら断るわ」

「まぁ、中には面白がって話だけは聞いてくれた人もいましたけど」

「あなたとピヨコは、結構、仕事とってきたわよね、不思議だった」

「寺山や私が相当粘ってもダメだったスポンサーが、青目とピヨコが行くとすんなりとお金だしたり」

「服飾関係ですね……いま思うと、宣伝部とか広報が出来たばかりで、彼らもよくわかんなかったんだと思います。イケそうだとなると、寺山さんが直接電話をして、いいなりでしたよね」

「こっちが吹っかけても通ってしまう。ちょっとドキドキしちゃった」

怖いもの知らずね、と九條さんは首をすくめた。

「『青森県のせむし男』『大山デブコの犯罪』『毛皮のマリー』でしょ、それから『花札伝綺』……たったの一年で、再演を含めたら十公演以上やったはずよ。あり得ないわよね」

『大山デブコの犯罪』は、寺山さんの強い希望で新宿末広亭で上演された。末広亭との交渉役はもちろん九條さんである。

「頼む方も、頼まれた方もびっくり……よくあんな大胆なお願いが出来たものよね」

このあたりから九條さんはもう劇団から抜けようがなかった。

「寺山とは仕事以外の話も出来ないくらいお互いに忙しかった。それどころか、寺山は原稿を書くために祐天寺を逃げ出して喫茶店のハシゴしたり、ホテルに缶詰になったり……何日も会わない日もあったのよ、同じ家に住んでいるのに」

　なんの覚悟もないのに、九條さんしか出来ない仕事はどんどん増えていくばかりだった。制作に九條さんの名前が載ったのは、第二回公演の『大山デブコの犯罪』からのはずだ。

　このときのポスターやチラシの撮影は篠山紀信だった。

「あのとき、篠山さんにギャラ払ったかしら……忘れちゃったわ。もう売れっ子だったはずよ。忙しいのに、丸一日ロケに付き合ってくれた」

　役者が足りなかったのだろう、広報の私にまで舞台での役が回ってきた。ただ横座りになって糸車のようなものを回し続けるだけの役で、台詞はたったの一言。

「なんだったの?」

「忘れました……役名は覚えてます、為子」

　アハハ……九條さんは大きな声で笑った。私が出ていたことも全く覚えていないという。私はといえば忙しくて稽古にもほとんど出られず、自分の出演作『大山デブコの犯罪』の台本さえまともに読んだ記憶がないのだ。

　その後、天井桟敷の主役を長く務めた新高恵子が、この二作目から出ていたことも大分あとになって知るという始末であった。

　そのうち忙しすぎて、作家である寺山修司と演出家の東由多可との意思疎通にも齟齬が生じる。東さんが悶絶するようにして仕上げた舞台に、まかせきりだった寺山さんが稽古の終盤になって現れ、クレームをつけたりした。

演出は振り出しに戻る。

「役者だって混乱するわ。もう時間切れなのに……でも、寺山は、笑われるのはボクなんだってあとに引かないし。私は東さんのそれまでの苦労を知ってるだけに、間に入って困ったわ」

若かった東さんは重責から劇団員に当たり散らすようにもなった。

「寺山と東さんもあんなに仲が良かったのに、家族同然だったのに、完全に家庭崩壊」

いつの間にか劇団の雰囲気も変わってきた。

「覚えてますよ。寺山さんと九條さんが険悪だった場面……」

あるとき、九條さんが女優時代のツテを頼って借りた松竹の稽古場に寺山さんが突然現れたことがある。

稽古の最中、寺山さんは役者の声の小ささに声を荒らげて怒った。

「声が小さ～い！そんなんじゃ客席に届かない。もっと大きな声だして！もっと、もっと、もっと」

寺山さんは執拗に台詞を繰り返させ、東さんは憮然とした表情で一言も発しない。ちょうどそのとき、九條さんが疲れ果てた様子で帰ってきた。

「ねぇ、声の出しかた教えてやってよ。エイッ、とか、ヤァ、とか歌劇団ではキミ、声の出しかた習ったでしょう、やってみせてよ」

寺山さんが九條さんにいった。へたり込むように稽古場の床に座りこんだ九條さんは寺山さんの顔も見ず、にべもなくいった。

「いやよ……」

寺山さんは一瞬、ムッとした。

二人のすぐそばにいた私とピヨコは、なんだかドキドキして肘をつつき合った。

「なんで……やってよ、ほら、早く」

九條さんは明らかに怒った顔で、口を真一文字に結んだままだ。場がしらけ、稽古場は静まりかえり……と、いきなり九條さんが立ち上がった。

「エィ、ヤァ！」

ものすごい迫力だった。そして、立ったまま寺山さんを見下ろしていった。

「稽古、九時までだから……時間守ってよ」

そういい残すと、九條さんはさっさと稽古場から出ていった。

「へぇ、よく覚えているわね……覚えてない」

創立当初から、私とピヨコは浮いた存在で劇団員とは馴染めなかった。

劇団に行ってマスコミ回り用の資料を待つ間、私たちはいつも誰もいない階段の途中に座り込み待機していた。

厚めの絨毯が敷き詰められた階段を上がり切った三階には、寺山さんと九條さんの私室があり、階下の二階と一階では寺山さんやスタッフが外部からの客と打ち合わせに使っていたり、あるいは劇団員がゴロゴロとしていた。

寺山さんはその狭い階段を上ったり下りたり、いつも忙しそうだった。

「なんの悪巧み？」

私たちがコソコソと話していると、寺山さんは通りすがりにそんな声をかけたり、気が向くと階段に座り込んだりした。

「忙しいのに、こんなとこ見られたら叱られちゃうけど……まるで奴隷みたいだね、ボクは」

私たちの小鳥の囀りのようなおしゃべりの中に、寺山さんは目を輝かせて仲間入りすることがあった。他愛のない話が寺山さんが入ることでたちまち面白くなり、そのマジックに私たちは目を見張り、寺山さんは得意そうだった。

「その中のお話で、耳に住み着いた男の話があって……」

そこまで話すと、九條さんが声を張り上げた。

「あーっ、その話、知ってる。口うるさい奥さんから逃げる話でしょ」

「そう、そうです。面白かったことは覚えているんですけど、話の内容を忘れちゃったんです。それからどうなったんでしたっけ」

う〜ん……と、九條さんは唸った。

「ふふふ……わたしも、面白かったことしか覚えてない、すごく面白かったのに、忘れちゃった」

そのうち忙しくなると、寺山さんは階段を上がりがけにちょっとしたなぞなぞのようなものを私たちに投げかけ、下りてくるときに答えを要求するようになった。

「さて、奴隷のボクを働かせているのは一体、どこの国のなんという人でしょう」

ところがそうはいったものの、一時間ほどして下りてくる寺山さんは、自分の出した質問を忘れるようになった。

「ごめん……答えも考えてあったのに、それも忘れた」

そのうち、寺山さんの顔が変わってきたことに私たちは気がついた。階下でのスタッフとの打ち合わせで声を荒らげたかと思うと、そのあとドンドンと荒々しい音をたてて階段を上がってくる。そんなときは私たちを見かけても、オッ、と片手をあげるだけで通り過ぎていくようになった。

こうして、寺山さんと私たちのちょっと秘密めいたなぞなぞ遊びは終わったのだった。

「あなたたちの声、三階の部屋でもよく聞こえてきたわ。寺山にとってもホッとする時間だったと思うわ……あら、もう、こんな時間よ」

私たちは銀座の店を出るとブラブラと日比谷方面に歩き、ホテルの最上階のラウンジから東京の夜景を眺めながら、少しだけウイスキーを飲む。これがそのころの私たちの最後の儀式のようになっていた。

「青目は、江戸もん、とか、東京もん、という言葉知ってるかしら」

知らなかった。

「寺山がよく使ってた言葉よ。ようするに東京で生まれ育った人のこと。キミは東京もんだから、って、よくいわれたわ」

その当時、故郷を離れて東京に出てくるには相当の決心や覚悟が必要であった。

「いまと違って、都会と田舎の違いは相当な隔たりがあったのよ。そうねぇ、例えていえば、寺山が私の部屋に遊びにきたときに、紅茶を淹れたのよ。簡単なティーバッグよ。それに寺山はとても驚いてたわ」

「あぁ、私、映画で観ましたよ。ティーバッグ。吉永小百合が縁側でそれ入れて浜田光男と飲んでました」

「そのティーバッグの紅茶にね、砂糖漬けにしたレモンの輪切りを浮かべたの。そのレモンがおいしいって、寺山は幾つも食べて……ただそれだけの話なのに」

寺山さんは、レモンの輪切りの砂糖漬けに感動しながらも、反面傷ついてもいたのだという。

「おかしいでしょう。なんで、って聞いたら、コンプレックスだって」

「レモンの輪切りの砂糖漬けがですか。うちは梅干しにお茶でしたから、そんなものありませんでしたが、傷ついたりはしませんよ」

「当時、地方から東京に出るには、武器が必要だったって……文学とか音楽の才能があるとか、映画スターになるなら類い稀な美貌とか。それから、金持ちになるとか、有名になるとか、目標も必要なわけよ、寺山の理屈では」

　そうして捧げ持つような気持ちで故郷から持ってきたものが、レモンの砂糖漬けによってあっけなく打ち砕かれる。

　寺山さんがいうには、東京生まれの人間にはコンプレックスがないらしい。

「僕たち地方のものが、どれだけ東京に憧れを抱いているか……生まれたときから東京にいる君たちにはわからないよ」

　そういって、寺山さんは拗ねたことが何度かあったらしい。

「急に黙り込んだり……理由がわからなくて」

　東京に生まれたものは、別によそに行きたいとは思わないし、特に見たいものもない。すでになんでもあったのだ。

「君なんか映画スターになりたいと憧れるどころか、気がついたら自分がすでに映画スターだったわけだし……なんていわれたわ」

　ボクたち田舎者は、とにかくなんにでも傷つくものだと寺山さんはいったという。

「その傷ついていることを隠すのも厄介だったって……へぇ〜、って聞いてたけど本当いうとよくわからなかった」

　九條さんは、寺山さんの母・はつに会ったときの驚きをよく覚えている。

「私もいってやったわ、あら、お母さんだって、初めて会いに行ったとき、サイフォンでコーヒーを淹れてくれたじゃないって。素敵だなぁ、オシャレだなぁって思たわ。鏡台の前には、アポロデシアという日本では手に入りにくい香水があって、びっくりしたわ。寺山は、アレは、アメリカ人の家で働いていたころの名残りで意味が違う、ってムキになるのよ」

　その寺山さんがいっていたことを、やがて九條さんは身をもって知ることになる。

　劇団が出来たころ、何人かが劇団に下宿することになった。

「朝ご飯だけは私が作ってたのよ。紅茶に卵サンドとか、野菜サンド、目玉焼きやオムレツ……若いからと思って山のように作った。だけど、残るのよ」

　悩んでいた九條さんに寺山さんはいった。

「彼らはご飯にみそ汁の方がいいんじゃないかって……で、大きな電気釜買って炊いたわよ。でも、やっぱり残るのよ。誰もお代わりしないのよ」

　すると寺山さんがまたいった。

「君がそばにいるからだよって、いわれたのよ。私はつきっきりでお給仕してたものだから」

　それから九條さんは支度をすると自室に戻った。

「寺山のいう通りだった。私が消えたら、ご飯もみそ汁も足りなかったくらいなの、空っぽ……わかる？」

寺山さんが東京に来てもっとも驚いたことは、東京の人の諦めのよさだった。

「君たちは、実にあっさり諦めるって。執着しない、しがみつかない。せっかくつかんだものを、平気でパッと手を離すらしいの、私たち。私が結婚するときに女優をやめたときも、内心驚いていたみたい。本気じゃないんじゃないかと疑っていて、何度も聞いたわ、いいの？　本当にいいのって」

しかし、そのコンプレックスを寺山さんは逆手にとるのも上手だった。

寺山修司の代名詞ともいえるのが、あの独特の強い東北なまりだ。初めは気にして直そうとも努力したらしいが、そのなまりが注目されるようになると、寺山さんは開き直ってこういうようになった。

「ボクのなまりは、本物です。なぜなら、言語学の専門家について正しいなまりを習得しました」

「もう一つ……東京の人間は地味だって。服装とか暮し方のことよ。ひと目を気にしたり見栄を張らないって」

確かに、私の祖父母や母の時代の東京人は決して目立つ格好はしなかった。

「その必要がないからだって。田舎から出てきたものは、必死で東京人を装うんだよ。風月堂に出入りしているものたちを見たらよくわかるよって。妙な格好をしている連中は、だいたいが田舎者だっていってたわ」

「あ、私ですね、東京生まれの田舎者……」

「アハハ……青目の妙な格好はまた別よ」

ボクの東京もん研究は、君から学んだものが多い……と寺山さんは、その都度、例えをあげながら九條さんに説明していたそうだ。

「例えって、どんなことですか」

「忘れちゃったわ……」

「ふふ、執着ないんですね、やっぱり」

寺山さんを、私とピヨコは知らないうちに傷つけたりしてはいなかっただろうか。

浮かれた私たちの言動や存在そのものは、純な心の劇団員の多くを傷つけていたのかもしれない。

世界へ飛び立つ

東京に行くたびに迷子になる私のために、九條さんとの待ち合わせの場所はデパートの正面玄関とか、ビヤホールライオン、和光の時計台の下……時にはペコちゃんの隣に立っていろ、などといわれたこともある。

あるとき、銀座で待ち合せるとタクシーで川向こうに行った。

九條さんに川向こうといわれても、実はそれが東京のどの辺りにあるのかは私には見当がつかなかった。

「ほら、町並みが変わってきたでしょ」

いわれてみれば、高いビルがない……その程度しか分からなかった。

小さな橋のたもとの店は、古めかしい風情のあるどじょう屋だった。

九條さんは外国暮らしの私に、日本にしかない風景を見せたい、日本でしか食べられないもの、珍しいものを食べさせたいと思っていたようだ。

九條さんは苦手だったらしく自分はごぼうばかり食べて、鍋の中の煮えたどじょうを私の方に寄せては、食べないと承知しないわよ、などといった。

若い頃、九條さんは、寺山さんにうなぎだと騙されて手作りのどじょう鍋を食べたことがあるのだといった。

「ずいぶん小さいなと思ったの、味も好きじゃなかったけど、せっかく作ってくれたのだからと無理して食べたのよ。そしたらあとでどじょうだっていわれて……」

以来、どじょうは食べていないのだといった。

「嫌いなわけじゃないのよ、ただ、騙されたのが悔しくって、食べないの」

有名な蕎麦屋で明るいうちから飲むこともあった。

「蕎麦屋で飲むには、暗くなってからじゃダメなのよ。日が暮れるちょっと前がいいのよ」

「なんでですか」

「昔から決まってるのよ。暗くなってから蕎麦屋で飲むなんて野暮ってこと」

蕎麦を食べる前に飲むことを蕎麦前というそうで、その肴が素晴らしかった。

小皿には、板わさ、出汁巻き卵、沢庵は二切れ、糠漬け、焼き海苔、他には一夜干しの目刺しが笹葉の上に、木べらに載った焼き味噌などなど、酒がすすんだ。

その日、九條さんは最初から日本酒を飲んでご機嫌だった。

「次があるから、蕎麦は一枚よ」

九條さんはそういって、神田近くの蕎麦屋からタクシーでさらに下町へ向かった。

倉庫のようなレンガ作りの建物の中はランプの灯りでほの暗く、席はアンティークの家具で仕切られていた。

「ちょっとヨーロッパの香りがするでしょ。アムステルダムでよくいったバーに似てるからって、劇団員が連れてきてくれたのよ」

九條さんは、大威張りでウイスキーを注文した。

「あぁ……」

私が声をあげた。

「いいのよ、今日はいいの」

「明日は禁酒してください」

「はい」

こんなとき、九條さんはとても素直だった。

「よろしい……」

そう答えながら、可愛いなぁ、とつくづく思った。

「青目は、初めての外国はどこ」

「劇団辞めて、一〜二年してからでしょうか。ヨーロッパを回ったんです。パリから列車でニースに降りて、ローマ、スイス、スペインも行きました。行きは女友達と二人で、帰りはご多分に漏れず喧嘩して、ひとりでした」

二か月近い旅を、私はパリの駅でもらった時刻表を読み解きながら列車を乗り継ぎイベリア半島を縦断したのだった。

「奇跡ですね、いまでも信じられません。方向オンチで数字も苦手だったのに。宿も全部、現地に着いてから探したんです。ずいぶん安いなと思ったら売春宿だったり、おみやげ買い過ぎて、途中の駅のベンチにトランク一つ置いてきたり……駅員が忘れ物だと思ってトランク持って必死で汽車を追いかけてきました」

「青目がアフリカにいるらしいって聞いて、びっくりしたわ」

「モロッコですね。夫の仕事場がスペインからモロッコに移って……私、モロッコがアフリカにあるってことも知らなかったんです」

九條さんはモロッコには一度行ってみたかったと羨ましがった。

「クジョウさんは、ニューヨークが初めて。米国政府の芸術なんとかから招待されて夫婦で行ったのよ。寺山はひとりで何度も行ってるから私にブロードウェイや、オフ・オフ・ブロードウェイを観せたかったらしいの」

そのとき、九條さんは芝居を続けるかどうか迷っていた。

「マンハッタンの上空で、飛行機の窓から自由の女神が見えたの……西日に輝いてとてもきれいで感動したわ。迷ってはいたけれど、気持ちはあのときに決まったのかも知れない」

　案内役は、ニューヨークには一度も行ったことがないのに、なぜか小さな路地まで知り尽くしていた植草甚一だった。

「ダリの展覧会やってるとか、何とかストリートの本屋は寺山が喜ぶとか教えてくれて……私は、ティファニーに行ってみたくて。店の前でクロワッサンなんか食べないようにって、寺山にいわれたわ」

　寺山さんは本屋巡り、九條さんはマンハッタンの街を地図を片手に歩き回った。

二人で芝居を観て、ジャズ喫茶を巡り、本場のステーキを堪能した。

「あのとき、確か朔美（萩原）さんが後から来たはずよ。相変わらず、寺山が朝になるとスケジュール表を配ってた」

　滞在は一か月に及んだ。

「二人で日本を留守にするなんて……どうやって時間を作ったのかしら、謎よ」

　スタッフが育ち始めていたのだろう。

「で、アンディ・ウォーホル買っちゃったのよ、私たち。例のマリリン・モンロー。彼のアトリエのパーティーに呼ばれて、二人とも熱にうかされたようになって……なけなしのお金、全部使っちゃったの」

　そのリトグラフは、いまでも九條さんの居間に飾られているという。

「それから海外公演が本格的に始まったの。ニューヨークのラ・ママでは、何度も公演したし、ヨーロッパは、ドイツを皮切りに、フランス、オランダ、ベルギー、イギリス……あとは、イタリア、デンマーク、それから、ポーランド、ユーゴスラビア、イランにも行ってる」

九條さんは、小さなノートを開いて読み上げた。

「日数にすると五百日、公演は三百ステージ……よくやったものね」

「想像もつきません」

「現地に着いたら荷物解いて、芝居やって、また荷造りして、それから飛行機に乗ったり、列車に乗ったり。少ないときで十五～六人、多いときは三十人くらいいたと思うわ」

上等なホテルに泊まれることもあったが、舞台裏の大部屋に雑魚寝することもあったという。九條さんは、節約のためもあったが日本食を恋しがる劇団員のために宿の厨房でご飯を炊いたり、みそ汁を作ったりもした。

「日本レストランなんてなかったし、あったとしても高くて……みんなの喜ぶ顔がうれしくてね」

日本ではなんとなく距離を感じていた劇団員たちと、長く寝起きを共にするうちに、九條さんの中に変化が現れた。

「絆というか仲間意識が芽生えて、本当にみんなが可愛くなってきたのよ」

もちろん、トラブルはつきものだった。

「寺山が、舞台装置を気に入らなくて……あるとき、割れてヒビの入った鏡が欲しいといいだしたのよ。古道具屋で鏡を探してきて割るんだけど、思うようには割れない。そんなとき劇団員が道端で割れた鏡を見つけたというので、夜中に見にいったのよ。それが寺山の望むものにぴったりで……それからは公演場所に着くと、夜中に街をうろついて粗大ゴミを漁ったりしたわ」

そんな苦労話を、九條さんは楽しそうにした。

寺山さんは滞在中、朝の点呼をかってでて、パジャマのままでホテルを歩き回り、みんなを起こして回った。

「それでついたあだ名が、ムッシュウ・ピジャマ……」

以来、劇団員は寺山さんをムッシュウと呼ぶようになったらしいが、照れくさかったのか九條さんが私の前でそう呼ぶことは一度もなかった。

外国に出て、寺山さんは生き返ったようだったという。

「どこでも、絶賛され、でも、ただ褒められただけじゃない、テラヤマシュウジというありのままが認められた、ってことに喜んでいたのよ」

日本での評価に寺山さんは不満を持っていた。

文章やシナリオを書き、芝居をやり、映画を作り……。

「テレビもやっていたし、競馬の番組も持っていた。幅広い分野で活動していて、でも、どの分野でも異端視されてたことにいらだちを感じていたのね」

九條さんにだけは、時々、愚痴をいっていたらしい。

「きっと、僕が劇作家ですと宣言して、芝居だけやっていれば違っていたのだろうけど、才能がそうさせないんだ。ボクの職業は、寺山修司なのに……そんなことといってた」

褒める人もいれば、なぜか毛嫌いする人も多かった。芝居に関係のない人に戯曲をけなされたり、あるいは無視されたり……その度に憤慨していたようだ。

ところが海外に出るようになると、それこそ、テラヤマシュウジ、その人を賛美してくれる人が現れた。

「ジャンルなんか関係なく、彼は芸術家として真っ当に扱われた。生き生きとして、自信に溢れていて、本当に幸せそうだったわ」

アメリカでもヨーロッパでも、テラヤマシュウジに一目置くものが何人も現れ、友と呼べる人物も得た。ポーランドの演出家、タデウシュ・カントル、アメリカ人作家、ネルソン・オルグレンとは特に仲が良かった。

「オルグレンの描く主人公は、ギャンブラーやボクサー、貧しい人や障害者が出てきて、はじめ私はピンとこなかったのだけど、あとになって寺山が監督した清水健太郎を起用した映画『ボクサー』とか、小説の『あゝ、荒野』を改めて読んだら、元のところで寺山と重なるところがあったことに気がついたの」

そんな彼らが来日すると、いつもなら絶対に仕事のスケジュールを崩さないのに、全てを放り出して案内を買って出たりした。

「すごく楽しそうで……寺山は、日本で孤独だったんだって、はじめて知ったわ」

あるとき、私の行きつけの新橋の料理屋に九條さんを連れていったことがある。

ここは、当たり前の料理が当たり前に出てくる、なにひとつ押し付けがましいところがない店であった。

九條さんはこの店だけは、私に払わせてくれた。それもうれしい出来事だったが、私がポルトガルに帰ってからも何度か通ってくれたそうだ。

私はいつものように冷酒、九條さんはビールのあとに焼酎のお湯割を頼んだ。

いくつかの小鉢が出て、刺し身の盛り合わせを二人で楽しんだ。

「あの日、久しぶりに会ったとき、郵便局で……一目で、あぁ、青目は幸せなんだって、すぐわかった。うれしかったわ。本当にうれしかった」

勝鬨橋のたもとで、私が「テ・ラ・ヤ・マ・シュ・ウ・ジのバカヤロウ」と叫んだその日から数年は経っていただろうか。

あのときは、もう二度と会うことはないと思っていた九條さんと、こうして親しく酒を飲んでいることが改めてうれしく、ちょっと胸が詰まった。

「あぁ、青目は、ちゃんと青目になっている。自分の居場所を見つけたんだと思ったわ」

その通りだった。

ポルトガルの田舎の漁師町には、フランス、イギリス、オランダ、オーストリア、スイス、ドイツ、ベルギー、ロシアなど、たくさんの外国人がいた。そこで私は、思いがけずありのままの自分を受け入れられ、心の底から開放されたのだ。

画家でも小説家でもない、何者でもない私は、なにもしないで一日を過ごすことを学んだ。日本ではどこか疎まれていた自覚があったが、驚いたことにそこではみんなが私を大好きだった。

輝く太陽、コバルトブルーの海、無人島で夕日を眺め、夜明かしでパーティーを楽しんだ。するべきことなどなにひとつない、ただ私が、私でさえあればそれで良かった。

その自由で楽しい日々は二十年も続いたのである。

「そこでイザベルというフランス人の親友が出来ました」

えっ……と、九條さんは驚いて私を見た。

「フランス女……意地悪じゃない？」

「そんなことというと、フランス人が怒りますよ」

「なんで？」

「意地悪なのはパリの女です」

「あ、そういえば、私、意地悪なフランス女と喧嘩したことあるのよ。パリだった」

「フランスって、農業国ですからね。彼らの稼ぎでパリの人はふんぞり返って生きてるって、フランス人のほとんどがパリの人を嫌いなんです」

フランス人イザベルの意見を、私はもっともらしく、やや誇張していった。

「へぇ、そうなの……私がパリで買い物して、寺山と待ち合せていたカフェに行ったらフランス女が三人いたのよ。みんな、私をジロジロ見てね、あら、着物じゃないのね、っていったの。それがいやないい方でね、カチンときたわ」

寺山さんはフランスの女性作家と共に雑誌の取材をうけていたところだった。

テーマは男女平等……日本語が少しできる記者が九條さんに意見を求めてきた。

「男女平等なんて、クソ食らえだわ。そういってやったの」

「ふっ、カッコいい」

「でしょ。でも、クソ食らえなんて言葉、記者の彼女は知らなかったのよ。寺山はちょっとびっくりしてたけど、面白がってたのが分かったわ」

二人の前に、熱々の蕪蒸しがきた。

「男女平等なんて、ナンセンスよ、人間が平等であるべきです……これは、ちゃんと訳せたわ、彼女」

大好物の蕪蒸しを堪能する私に九條さんがいった。

「私、演説してやったのよフランス女に。男女平等になったとしても、私は寺山にお風呂掃除なんか絶対させないわ、とか……」

九條さんは、木の匙を手にとったものの食べようとはせずに演説は続いた。

「困ってる女はたくさんいるのよ、あなたたちの男女平等は誰のため、一体なにが欲しいのよあなたたち……他にもいってやったけど、忘れたわ」

フランス女たちはキョトンとし、通訳の記者は明らかに戸惑っていたそうだ。

「で、帰ることになって。普段はしたことないのに、私、わざとコートを寺山に着せ掛けてやったの。女たちはみんな、ひぇ〜って、声を出して驚いていたわ」

「九條さんの方が、意地悪じゃないですか」

あはは……と九條さんは笑って、ようやく蕪蒸しを口に運んだ。

「うん、おいしいわ、とってもおいしい。でね、帰り道、寺山が、君は無鉄砲だねぇ。彼女たち、有名な作家だよっていうのよ。なに書かれるか分からないよって。関係ないわ、ただの意地悪女よって、私、いってやったの」

「焼きもちですかね、九條さんがきれいで輝いていたんですよ」

「そうよ、私もそう思ったわ。ドブネズミ色の服を着てターバン巻いて、化粧もしないで、いやな目つきで、品定めでもするように私を見たのよ」

九條さんは、そのときのことを思い出したようでプンプン怒っている。

緑鮮やかな山菜の天ぷらがきた。私は出汁で、九條さんは塩……あんまりおいしくて、二人はしばらく黙り込んだ。

「あなたとピヨコが辞めてから、寺山も私も気になっていたの。二人とも世の中に出たら、うまくやっていけるはずがないと私は思ってた。特にピヨコは……会ってないの？　あなたたち」

「一度も……」

「そう……赤坂のご両親のやってた喫茶店を訪ねたことがあるのよ。ピヨコは、長野かどこかの知り合いのところに行ったらしいの」

「私が訪ねたときには、もう店は閉まっていました」

「そう、会いたいでしょう」

どうだろう……いずれにしろ、ピヨコといた時間は楽しかったけれど、一度も深い話はしたことがない。

「大好きでした……どこかで偶然会えたら、うれしいかもしれないです」

「なによ、それ……いろいろ話したいことがあるんじゃないの」

そういわれて初めて気がついたのだが、二人で話すことなどなにも思いつかない。一緒にいたときも、笑っているだけでこれといった話をした覚えがない。

「多分、どこかでバッタリあったとしてもゲラゲラ笑って、じゃあね、って別れるんでしょうね」

九條さんは怪訝な顔をした。

「どこかで酒でも飲むんじゃないの」

「飲みません」

「お茶は、お茶くらい飲むでしょう」

「多分、飲みませんね。別れるときに住所も電話番号も聞かない……多分」

「ヘンね、あなたたち……」

「元気だったらいいんです」

ポルトガルへ帰る日は十日ほどにせまり、ゆっくりと日本食を味わうのは最後になるだろうと思っていた。

「一口、頂戴……」

九條さんは、料理によって、ときどき私の酒を横取りすることがあった。

「そういえば、辞めてから一度、会ったわね、新宿で……」

「あぁ、新しく出来たイタリアンですね、びっくりしました」

「私たちの方こそ、びっくりよ」

それは、寺山さんと九條さんの離婚がマスコミを賑わせたすぐあとだった。

劇団のあった祐天寺を引き払い渋谷に自前の劇場、天井桟敷館が出来たころだ。

「離婚したからって生活はそれまでとは変わりなくて、ご飯は一緒に食べてたのよ。でも、離婚発表の直後に揃ってご飯食べるのはさすがに具合が悪くて自粛してた時期があって……寺山があの店なら出来たばかりだから誰にも会わないって。そしたら、いきなり青目が現れた。劇団辞めてから初めてよね、会ったの」

「一年……二年ぶりくらいですか」

「ほんとにもう、一度も顔出さないんだから」

「あのとき、寺山さんがいった言葉をよく覚えています」

「なんていったの」

「とにかく驚いた様子で、まず、おぉ〜っ、て。それから九條さんにいったんです、いやぁ、しかし、女の人ってすごいねぇ。青目はバイタリティーがあるねぇ、そう思わないか、って」

「へぇ……うん、確かに、青目は仕事してる女の感じはした。お洒落してかっこよかったわ」

当時、私は美容関係の雑誌で、化粧品とかファッションのライターをしていた。

「だけど、青目らしくない、って私は思ったわ。素敵な服着て洒落た友達と、確かファッション雑誌の編集者と一緒だった」

「よく覚えていますね」

「私が知ってる青目じゃなかったからよ……それがとても気になったの」

九條さんの予測通り、私は全く社会に馴染めなかった。

お絶対さまの秘密

九條さんは常に穏やかで、大人で、お茶目なところもあり、会えばホッとする存在で、それは四十数年前に初めて会ったときから何も変わっていなかった。

そんな人が、一度だけ取り乱したのを見たことがある。

あれは、銀座六丁目の路地裏の小料理屋で、珍しく私が先に着いて待っていたときのことだ。女将さんにすすめられ、ビールが運ばれてきたちょうどそのとき、ガラリと戸が開いて飛び込むように九條さんが現れた。

血相を変えて、とはこういうことだという様子だった。

「ごめん……」

入るなりそういうと、九條さんは運ばれてきた私のビールをいきなり横取りすると、ググっと飲んだ。立ったままである。

店の大将も女将さんも、そして私もびっくりして声も出ない。

「ごめん、ごめんね、電話一本かけさせて」

九條さんは、そういい残し外に出た。私たちは呆気にとられ、お互いに顔を見合わせ外の様子をうかがった。

九條さんはすぐに戻り、ようやく席に着いた。

「ごめん、ごめん……オカアさん、悪いけど冷たいオシボリちょうだい」

冬の最中だというのに、九條さんの額には汗が滲んでいた。バッグから煙草を出し、手帳を出し、ペンを探し、なにかメモしている。

「はぁ……ちょっと問題が起きちゃって」

汗を拭いながら九條さんはいった。

「冗談じゃないわ、全く。でも、もう大丈夫。遺言証を書き変えるの。明日、弁護士が家に来てくれるの」

九條さんは自分にいい聞かせるように、もう一度、大丈夫……というとビールを飲んだ。余程喉が渇いていたのであろう、ほぼ一気飲み。

「生きてるとなにがあるかわかんないものね。寺山のお母さんが亡くなる前、本当に揉めたのよ。人を信用しない人だったから大変だった。一度決めたことでもすぐに気が変わって弁護士泣かせだった。とにかく息子の残したものに対する執念は凄まじいものがあって……身内がいないわけじゃなかったけど、みんな素人だったから任せられないし」

九條さんのそれは独り言のような、熱にでもにうかされているようなものいいだった。

珍味の小皿が載った盆が運ばれ、九條さんは冷酒を二本注文した。

「私は血の繋がりはなかったけど、結局、寺山ともお母さんとも一番長く付き合いがあったわけだから……もちろん私は断り続けたわ。でも、最後の最後になって泣きつかれ、それで、はつさんの養女になったってわけ」

はつの荒ぶれた心は、亡くなる二日前にようやく収まったのだという。

「なんだかアンタが本当の娘のように思える……そういったお母さんはまるで別人のように優しい顔になってた」

それまでの経緯を目の当たりにしていた看護婦まで、この言葉に涙ぐんだそうだ。

「ごめん、支離滅裂でしょ、話が……黙って聞いて。ううん、聞いてなくてもいい、そばにいてくれるだけでいいの」

あっという間に、冷酒が飲み干されていく。ついこちらのペースも上がり、頭がクラクラしてきた。

「あぁ、よかった、今日、青目と約束してて……ひとりだったらどうしたらいいかわからなかったわ。だって、頼りになる人、みんないなくなったのよ。誰もいないの。歳とるってこういうことなのね……あ、心配しなくていいわよ、青目を頼りにしてるわけじゃないから。そばで大酒飲んでいてくれたらいいのよ」

刺し身がきて、ホッとするような出汁の効いた筍や揚げの煮物がきて……もちろん、お代わりの冷酒もやってきた。

「寺山が悪いのよ、死んじゃうから悪いのよ……」

九條さんが駄々を捏ねるようにいった。

「死んで何年経つと思う……まだこうやって私を振り回すのよ」

真っ白な割烹着姿の女将さんがなだめるように九條さんのグラスに冷酒を注ぎ、隣の席に座った。

「あ、ごめん、ごめん、気にしないで、これでおしまい……」

そうはいったものの、すぐに話は元に戻る。

「いまは、借金も返したし……一体どうやって返したのか、自分でもわからない。最後の映画が大きかったのよ、沖縄だったし。それから、走り回って青森に記念館も建てた。私なりに寺山を守ってきた。そりゃ、お母さんほどじゃなかったかもしれないけど」

一旦箸でつまんだ筍を口には運ばず、皿に戻すとこちらを向いた。

「でも、これからどうするの。私だっていつまでも生きてるわけじゃないし。誰もいないのよ。あとを任せられる人がいない」

話は止まりそうもない。

「ねぇ、私、ちゃんとやってきたわよね」

九條さんは、すがるような目で私を見た。

そのとき、ガラリと戸が開いてひとりの客が入ってきた。

頷きながら話を聞いていた女将さんが、いらっしゃいませ、と立ち上がり、カウンターの中で一服していた大将が慌ててタバコの火を消した。

九條さんの声のトーンが落ちた。

「残されたクジョウさんも可哀相だけど……」

あ、酔った。

「でも、寺山は死にたくて死んだわけじゃない。もっと生きたかったのよね、可哀相ね」

入ってきた客が私たちに気がついて軽く会釈をした。

彼は、週に二回、六時過ぎに現れ、ビールを一本、刺し身を少々、日本酒を一合、七時になると席を立つ……女将さんから聞いた話だ。

六時台は電車が混む、そして、七時過ぎは店が混むのである。それは三十年近く続き、来年彼は定年を迎えるそうだ。

「私たちには真似できないわ」

その話を聞いたとき、九條さんがため息混じりにいったことがある。

「羨ましいんですか」

「違うの、気になるだけ……私たちとは対局にいる人でしょう。私にも青目にも真似出来ない、絶対に」

「絶対には余計ですよ。私は案外出来るかも」

「まさか……ねぇ、彼は、私たちのような生き方をどう思うかしら。羨ましいと思うことあるのかしら」

「それこそ、まさかですよ。ないですよ、絶対」

「そうかしら、絶対？」

　こんな話から、その人を私たちは、お絶対さま、と呼ぶようになった。

　可もなく不可もない顔、髪型、服装……日本のサラリーマンの見本のような人物で、少し様子が違うのは彼が誰かと一緒だったことが一度もないことだ。

　話をしたこともないのに、会えば会釈をするだけなのに、私たちは勝手に彼の人生を想像のなかで弄んだ。

「でも、今日だけはなんだか彼が羨ましいわ」

「今日は、奥さん留守なんですよ」

「なんでわかるのよ」

「日本酒、二本目です。奥さん、昨日から実家に帰ってるんです」

「なんで……」

「そこまではわかりませんよ」

職場結婚の奥さんの名前は典子、大学生の一人娘はさやか、家は三鷹……親の家を二世帯住宅に建て直し、ローンが少し残っているが退職金で充分賄える……全て私たちの作り話だ。

　お絶対さまはこの頃、娘の帰宅が遅いことが気になっている。さやかには演劇をやっているボーイフレンドがいるのだ。

　そして実は、お絶対さまは若いころ天井桟敷にいて、そのことは家族にも会社にも内緒にしてある。

　そして、彼は来年定年になる。

　はぁ～、九條さんが大きなため息をついた。

「ダメだわ、つまんない。私たちって凡人ね……寺山がこういう遊び、上手だったんだけど」

　同感だった。

　私たち凡人が作り上げた他愛のない物語も、寺山さんが関わればたちまちドラマチックに話が転がり始めるのだろう。

「もしね、もしもよ……親のいう通りに大学に入っていたら、クジョウさんの人生はどうなってたかしらって考えることあるのよ」

　九條さんはかつて早稲田を目指し、家庭教師までつけてもらって猛勉強していたのだ。

「後悔してる訳じゃないのよ、この人生に……ただ、どうなってたかしらって」

「早稲田に入っていたら……ですか」

私はちょっとニヤニヤした。

「寺山さんに会っていますよ、同い年ですからね」

九條さんは、ジロリと私を見た。

「寺山は大学に行ってないもの、すぐに病気になったんだから、会うわけないわ」

「でも、親友が山田太一さんでしょう。山田さんは美青年でモテたそうですから、まず九條さんと女友達が、なにかサークルかなんかに誘われる。山田さんのお目当ては九條さんじゃないですよ、おとなしそうな可愛い方の彼女」

黙って聞いていた九條さんが口を尖らせた。

「あら、なんでアタシじゃないのよ、可愛かったのよ、クジョウさん」

「山田さんはですね、背が高い女が苦手だったんです」

「なんで知ってるのよ」

「そうなんですって。でね、背の高い女が好きな寺山さんと会うんですよ、結局……」

私の言葉を、九條さんは無視していった。

「どっちにしろ、誰とも結婚はしてなかったと思う。バリバリ働いて出世して、今ごろは実業家よ」

「多分……」

私が笑いを堪えながらいった。

「なによ」

「実業家になっていたとしても、多分、電通かなんかの企画会議で、やっぱり寺山さんと会うんですよ。運命の人ですから」

カウンター席に並んでいた九條さんは怒って、オシボリで私の頭を叩いた。

「本当に、アンタは口が減らないんだから」

お絶対さまが静かに立ち上がった。七時半を少し過ぎていた。


すぐ近くのホテルのバーに移っても、もしも……の話は続く。宝石箱をひっくり返したような東京の夜景が広がり、九條さんはバーボンの水割り、私はロック。

「人生は、もしも、だらけなんですね」

九條さんは、実においしそうに濃いめの水割りを飲んでいる。

「もしも……寺山さんと九條さんが出会ってなければ、いま、私と九條さんがこうして飲んでいることもなかった」

「もしも、私が松竹の歌劇団に入ってなかったら、寺山は私を見つけることはなかった」

「です……」

「もしも、私が親との約束通り、二〜三年で歌劇団を辞めてお見合い結婚なんかしてたら、今ごろは優雅な奥様で、孫もいて、ハワイなんかでバカンスしてるのかも知れない」

「あり得ないですね、つまんない……退屈して不倫してますよ、きっと」

「生意気ね」

九條さんは私を睨むと唐突に歌いだした。

「これ、なんの曲か分かる？」

そのハミングにしばらく耳を傾けた。

「あ、裕次郎……」

「『夜霧よ今夜もありがとう』……大好きなの」

「昭和のムード歌謡……いいですねぇ。外国暮らしするようになってから好きになりました」

「誰……」

「なんといっても、松尾和子ですよ。あぁいう、女いなくなりましたね……どこにもいない」

「うん、いない。あの時代の男だっていないわよ」

「好きな男いましたよ、あのころ。でも、誰にもいえなかった」

「誰よ、なんでいえなかったの」

「水原弘……なんだか、あんな男が好きっていっちゃいけないような気がして……子供でしたからね」

「珍しくイタリア物の似合う男だったわね」

九條さんはいきなり立ち上がり、ちょっと足をあげポーズを作った。

「見て……私、裾上げなんかしたことないのよ」

　アルマーニのパンツをお直しなしで着られることが九條さんの自慢だった。煌めく夜景を背景にポーズをとる九條さんのシルエットは、まるで映画のワンシーンのようだった。

　イタリア物の服を着こなせる日本人はそういない……九條さんはイタリア物を身に纏う有名な芸能人を名指しで揶揄した。田舎のどさ回りの手品師のようだとか、安キャバレーのヘタクソな歌手だとか容赦ない。

　朗らかに笑う様子に、あぁ、ようやく元気が出てきた、とホッとしたものの、今夜は早めに切り上げようとも思った。どう考えても飲み過ぎだった。

「石原裕次郎は、どうですか。似合いましたね、イタリア物……」

　私がそういうと、九條さんがうれしそうに親指を立てた。

「そうなのよ、気がついた？　私、結婚前に彼の大ファンで……共演したいと思ってたの。松竹の偉い人にいったら、会社が違うって叱られちゃったけど」

　そうか……日本映画が華やかかりしころ、九條さんはいたのだ。ちょっと畏れ多いような気持ちで、九條さんの横顔を見つめた。

　少し間があいて、笑わないって約束する？　と、九條さんが私の顔を覗き込んだ。

「笑いませんよ、なんですか」

「笑うわよ、絶対、笑う……」

「でも、いいたいんでしょう。いわないと今夜、眠れませんよ」

私は、口元を一文字に結んでみせた。

「寺山と初めて会ったとき……似てるなと思ったの」

「え、誰にですか……」

ちょっと、間があった。

「あっ……」

石原裕次郎と寺山修司……ようやく気がついた。九條さんがポッと頬を赤らめた気がした。

「本当なんだから……似てたのよ。誰にもいわないでよ」

ちょっと結びつかなかったが、いわれてみれば若いときの寺山さんは甘い顔で、本人も裕次郎を意識していたかもしれない、と私は思った。

「二人とも、イタリア物がよく似合う男だったわ」

最後のグラスを傾けながら、九條さんは独り言のようにいった。

「もしもは、いくらでもあるけど……」

そして、こう付け加えた。

「でも、いい、これでいいわ、私は……この人生でいい」

九條さんがこちらを見ていった。

「青目だって、そうでしょう」

思い出探し

「青目、今日は新宿に行ってみよう」

ある夜、九條さんがいった。

会うたびに、新宿に行こう、ナジャに行ってみよう、という話は出ていたものの、なかなか実現しなかった。だいたいは一軒の店に居座り、気がつくと看板の時間がとうに過ぎているのが常であった。

いまや伝説のバーになりつつある新宿のバー、ナジャは当時、売れっ子の作家や編集者、芝居や映画、テレビ関係者、その他は自称を含めたアーティスト、単なる変わり者などが出入りしていた。すぐ目と鼻の先のゴールデン街の客と顔ぶれは同じなのに、どこかが違う。

「高かったのよ。客を選んでいて、店に好ましくないと思うとぼったくられたの。半端じゃなく……まあ、結果的にそれが成功したのね」

新宿に向かうタクシーの中で九條さんはそういうとため息まじりでつぶやいた。

「いまやナジャは懐かしいだけの店になったのよ。新宿は空っぽ……」

少し歩こうということになり、新宿三丁目の交差点で降りた。

四十年以上も前、私が探し物でもするようにうろついていた夜の街、新宿はすっかり様変わりし、薄暗かった裏通りでさえ極彩色の看板やネオンで輝いていた。

私はしばし茫然と立ち尽くした。そんな私を見透かすように、ふふ……と笑いながら九條さんが振り返った。

「東京にはもう、暗闇なんかどこにもないのよ。つまんないわ」

明るくなったというのに、見覚えのある景色はどこにもなく、もう、ひとりでは新宿には来られないと思った。

ナジャに行くにはあまりにも早過ぎるということになり、見覚えのある店を何軒かハシゴした。顔の広い九條さんは、短い時間に何人もの人に声をかけられたが、そのほとんどを覚えていないようで、首を傾げ助けを求めるように私の顔を見るのだった。

あの頃、この路地を一緒に歩いたものたちの顔がゆっくりと浮かび上がってきた。

ハッポンこと怪優・山谷初男は、あるとき私の住んでいた淀橋のアパートを訪ねてきて、天井桟敷に入りたいといった。

二十八歳、当時は絵描きであったが、小さな俳優養成所に通っていた。

「面白くないんだ……なにか面白いことしたいんだよ」

そのまま劇団に連れていき、寺山さんに会わせるとすぐに入団が決まった。

「そうだったの、ハッポンは青目が連れてきたの」

九條さんが目を丸くした。

ハッポンとは気が合い、毎日のようにゴールデン街のナナに通った。

ナナの主、ニーニョはスパニッシュギターの名手で、奥さんのナナは額の真ん中に大きなほくろのある気のいい女だった。夫婦は店の二階に住んでいたから、昼日中からナナで飲んだこともある。

あるとき、ニーニョはスペインに旅立ったまま行方がわからなくなった。十年以上が経ち、ようやく消息をつかんだナナがスペインの小さな村に行ってみると、夫だった男は若い奥さんと子供たちと幸せそうに暮らしていた。

「日本にいるよりずっと幸せそうだったのよ……連れて帰ろうなんて思わなかった」

ゴールデン街には、こんな物語が山のようにあった。

当時はハプニングブームで、猫も杓子も新宿のそこかしこでパフォーマンスが繰り広げられ、ナナはそんな連中のたまり場だった。その中に看板屋を生業とする男がいて、天井桟敷が末広亭で公演すると知り、私の名前の入った大きな幟旗を作ってくれたことがある。

「あった、あった、覚えているわ。送り主は青島幸男……」

青島幸男とはスター千一夜に出演してくれたことが縁で親しくなり、付き合いが続いていた。

第二回公演『大山デブコの犯罪』が末広亭で上演されると聞いた青島が面白がってお金を出してくれたのだ。

　ハプニングは私にとっては全くの遊びで、風月堂にいた顔見知りのガリバーと横断歩道にテーブルと椅子を並べ、信号が青の間、向かい合って食事をする……などという他愛のないものであったが、すぐに飽きてしまった。

　アメリカ生まれの前衛芸術運動ハプニングは日本では受け入れられず、やがて行き場を失い徐々に過激になり、私の理解を超えていく。

「なにか起きると必ず劇団にも取材が殺到して。一緒にされたの。こっちは芝居よ、全然違う世界なのに」


　ゴールデン街界隈を一緒にうろついていたのはピヨコはもちろん、状況劇場のカエルだったが一度も怖い目にあったことがない。

「むしろ、一番安心してうろつけるところでした……」

「喧嘩は毎日だったわね。女同士の取っ組み合いもしょっちゅうだった……そのうち慣れちゃって」

「あ、そういえば、中上健次が文学仲間らしい男を殴ったのを見たことがあります」

　そのとき、中上健次がいった言葉は忘れられない。

「貴様の書く意味は、なんだ、いってみろ――と叫んで、思いきり殴ったんです」

「みんな真剣だったのね……もういないわね、あんな若者も」

おなじ時期に同じ新宿の夜の町をうろついていても、九條さんの飲み仲間と私のそれとは、当たり前だが随分と差があった。

「終電に間に合うように、時間になると店を追い出されました」

「まだ子供だったもの、あなたたちは……私たちの出番は、それからだった」

確かに……まだ仕事も持っていなかったし、それどころか進む道さえ定まっていなかったのだ。

ようやく十時を過ぎて私たちは三軒目の店をあとにしてナジャに向かった。

と、後ろから声を掛けるものがいた。

「九條じゃないの」

オヨネだ。彼女はかつてこのあたりの、ある種の有名人だった。

当時、この界隈に出入りする何人もが彼女から金を借りていた。プロデューサーという肩書きではあったが、なにをプロデュースしているのか誰も知らなかった。

時々、三流映画のタイトルバックに彼女の名前を見かけることがあったが、それはオヨネが幾ばくかの金を工面したからに違いないと誰もが知っていた。

ニューヨーク帰りの売れない画家の展覧会のポスターに名前が載っていることもあったし、

山奥で食うや食わずの陶芸家を見つけ、無理矢理上京させて個展を開いたり、若い芸術家をニューヨークやパリに留学させ送金したり……多分、彼女は芸術が好きだったのだろう。

当時、夜の新宿をウロついていると必ずオヨネに会ったものだ。九條さんと同年代だろうか、彼女もまた私同様なにか探し物があって新宿に来ていたに違いない。

それは見つかったのだろうか。

「貸さないわけじゃないけどさぁ、なんに使うのかって聞いてんのよ。飲み屋のツケなんかに使われちゃかなわないわよ」

何十年も前に聞いたオヨネの台詞だ。

「青目、生きてたの、みんな死んだと思ってるわよ」

開口一番、オヨネはいった。

それを遮るように九條さんが思いきり盛った。

「青目はね、商社マンの奥さんになって、いまヨーロッパに住んでるのよ。本書いたりして、作家になったのよ」

へェ〜、といってオヨネは私を値踏みするようにジロジロと見た。私もまじまじとオヨネを見返した。

ブサイクでダサくて、だらしなく太り、ジーンズにこれ見よがしにロゴの入ったブランドもののセーターは毛玉だらけだ。

「九條も、久しぶりじゃん。どうよ、最近、男の方は」

オヨネが馴れなれしく九條さんを呼び捨てにするのが気に入らなかったが、当の本人は気にとめる様子もなく答えた。

「おかげさまで、絶好調よ。猫、元気にしてる？」

オヨネは、とても高価な猫を飼っているのだと九條さんがいった。

「また増えたのよ。ろくに世話も出来ないのに飼ったやつがいてさ、それ引き取ったから、いま五匹もいるのよ。滅多なもの食べないから金がかかってしょうがないわ」

そうだ、そうだ、思い出した。この人の話は、いつだって金に着地する。

「なに、ナジャいくの？　ワタシ、いま寄ってきたけど誰もいないわよ」

九條さんは、私に目配せすると、すぐ目の前のバーのドアを開けた。

「懐かしくて歩いていただけよ。もう、帰るとこ。ちょっと付き合いなさいよ」

店のなかにオヨネを押し込むと九條さんが振り向いていった。

「ナジャで一緒になるのいやだから、ここで適当に逃げよう」

店に入った途端、カウンターの奥の先客が声をかけてきた。

「よぅ〜、これは、これは、珍しい顔ぶれで……」

「取り立てに来たのよ。こんなとこで飲む金あったら返せよ」

オヨネはまんざらでもない顔でドスを効かせた声でいった。男たちは、まあまあ、と悪びれる様子もなくボトルの酒をオヨネと私たちに振るまった。

千円から何百万まで、彼女に金の世話になっているものは新宿に数えきれないほどいたはずで、ほとんどが返却されていなかった。そんなわけでオヨネは、いまでも新宿にやってきては取れるはずのない借金の取り立てにまわり、あまり役に立たない名刺を配り、何十年と利子さえも払わない男たちから酒を奢らせるのである。

どうやら、それがオヨネのいまの財産のひとつであるようだ。

「いまのボクがあるのは、オヨネさんのおかげですよ」

などといいながらウイスキーを振るまった男は、いま、すっかり芝居や映画とは縁を切り、金持ちの女と結婚してゴルフ三昧、悠々自適の生活を送っているらしい。彼は夢を見ていた時代を思い出すために、こうして時々新宿にやってきて安酒を飲んでいるのだろう。だから、借金取りのオヨネに出会うことでさえなんだかうれしそうだった。

オヨネが先客の席に居座り話が弾む様子を見ながら、九條さんがいった。

「寺山がオヨネを嫌がってね。キミ、どんなに困ってもオヨネにだけは金を借りないでくれって。ボクは身を売ってでも金を作るからって……青目、逃げよう」

そういって九條さんが素早く立ち上がり、私たちは逃げるように店を出た。

ナジャは変わってはいなかったが、すっかりこざっぱりとしていた。ママのマリコも相棒のヨシオももういない。

カウンターの中での二人の罵りあいもまた、この店の売りだった。

あるとき、酔った私が貧血で倒れたことがあり、ヨシオはかいがいしく介抱してくれ、タクシーに乗せてくれた。そのとき運転手にお金を渡してくれていたことは、降りるときに知った。翌日、メヌエットという小さな薔薇の花束とタクシー代を持ってお礼に行った。

「飲む前に少しは食べなきゃ……」

コーラを飲みながらお説教を聞いていると、カウンターの中にいたマリコが皿を滑らせるように投げてよこした。ガーリックトーストというものを初めて食べた。

三人で何もいわず、それを食べた。

妙に穏やかな開店前の普通の男と女……もしかすると二人はナジャという酒場を舞台に、それぞれの役を演じていたのかもしれない。

そういうと九條さんが頷いた。

「そうかも知れないわね。毎夜上演される台本のない、即興の芝居……寺山が喜びそうな話ね」

見知らぬバーテンが、氷やグラス、九條さんの名札のついたウイスキーボトルを手際よく並べた。

「氷、少なめでロック」

九條さんがいうと、バーテンはうなずいた。

「この店のマッチとコースターは宇野（亜喜良）さんが作ったのよ……いろんな人が来てたわね。コシノ（ジュンコ）さん、シモン、金子國義……マリコは銀座にいたらしいから、吉行淳之介とか作家もいたわ」

すでに売れっ子であった赤塚不二夫は常連で、たまたま居合わせた唐十郎が、芝居小屋にするテントが欲しいが金がない、という話をすると、オレが買ってやるとすぐに話がまとまったという噂がある。

「噂じゃないわよ、本当の話よ」

大人組の常連だった九條さんは、当時のことをよく覚えていた。

その後、博多で山下洋輔に発見されたタモリが上京し、赤塚不二夫は自分の住んでいたマンションを明け渡し、自分は仕事場に寝泊まりしていたという。

「人がいいのよ、赤塚さんは……よほど、タモリが気に入ってたのね。篠山紀信、ジュリーも来てた。それから、合田（佐和子）さん、きれいだったわね」

「田名網（敬一）さんも常連でしたね」

「そうそう、来てた。紀伊國屋の田辺茂一社長、とにかく役者が揃ってた」

九條さんは懐かしそうに次々と名前をあげた。

子供組の私たちが帰ったあと、ナジャで繰り広げられた大人たちのエピソードを、九條さんは面白おかしく話してくれた。

「寺山は飲まなかったし、酔っぱらいが嫌いだったから新宿にはあまり来なかったけれど、ここは毎回事件が起きるし、面白がってついてきたわ」


「ねぇ、爆笑問題て知ってる？」

唐突に九條さんが聞いた。

漫才コンビだということは知っていたが、ポルトガルではロンドンから配信される日本語放送はチャンネルがひとつしかなくて、私は彼らを見たことがなかった。

その人気漫才、爆笑問題のラジオ番組に当時のアングラをテーマに九條さんはゲストとして呼ばれたらしい。

テレビを観ない九條さんもよく知らなかったらしい。

「この子たちがね、変なことといったのよ。日本の芝居をダメにしたのは、三谷幸喜だって……どう思う」

芝居見物も帰国時の楽しみの一つで、歌舞伎はもちろん、赤テントにも下北沢にも出かけた。その年は偶然、友人に誘われ、三谷幸喜の芝居を観たばかりだった。

日本人好みの四十を過ぎても可愛らしい女優が主役で、満席だった。

入れ替わり立ち替わり俳優が登場するたびに、それぞれファンがいるらしく客席から歓声が上がり拍手が起きた。どうやら、テレビで人気のある役者のようで、緊張感とか生の役者から醸し出されるオーラとか殺気は全く感じられない。匂いがしないのだ。いまや、誰もそんなことを望んでいないのだ。演じるほうも観客も一体となって楽しんでいる。

　私のお気に入りは、松竹新喜劇の藤山直美で、特に舞台の終わったあとの挨拶が惚れ惚れするほど素敵だった。

「あんないい女、観たことありません」

「あ、なんか、分かる気がする」

「で、九條さんは三谷幸喜をどう思っているんですか」

「どうも思ってないわよ、別世界の人だもの。でも、彼、いまや超売れっ子で大御所らしいのよ。同じ業界にいて、爆笑問題のような若造があんなことといっていいのかしら」

　いわれてみれば、なるほどね、よくぞいったと九條さんは内心では感心したものの、挑発には乗らなかった。

「私に、なにかいわせたかったのよね。その手には乗らないわ」

　あとでわかった話だが、爆笑問題の太田光と三谷幸喜は大学の先輩後輩で、実は仲がいいらしく、九條さんの勘は当たっていたのであろう。

「彼ら、私たちの時代に興味があったらしいけど、あのころの面白さは言葉では伝えられないわ。時代はもちろん、まず人間の面白さが違う。芝居の客の質も違う。あの子たち人気があるらしいけど……無邪気で可愛いところもあるけど、とにかく小学生並みにうるさいのよ」

太田が向田邦子のファンだということに九條さんはとても驚いていた。

「意外だった。小学生の頃から読書量は相当らしいのよ、あのコ」

いま、ナジャのカウンターでは当時とはほど遠い洒落た男たちが行儀よく飲んでいた。広告関係のディレクター、カメラマン、デザイナーあたりだろうか、最新ファッションに身を包み、静かにスマートに酒を飲んでいる。

「喧嘩、起きそうにもないですね」

私は天井に煙草の煙を吐きながらいった。そういえば、彼らは煙草を吸っていない。

「ここで寺山が絡まれたことがあったの……とにかくしつこくて。自分は成功してて、いい家に住んで、いい車に乗って、うまい酒飲んで、うまいもの食べて、いい女を自由にできてって、散々自慢してね。で、なにが面白くて、ものなんか書いているんだって」

「いますね、そういう人種」

「珍しく、黙って聞いていた寺山がこういったの。君は、書くという快楽を知らないんだ。女を抱く快楽なんて比べ物にならない。ただし才能がなければ、その快楽を味わうことはできない。いくら金を積んだって、才能だけは金では買えない……静かにそういったのよ」

「カッコいい」

「でしょう」

私たちはしばらく黙ってウイスキーを味わい、かわるがわるに煙草の煙を吐き出した。

「あぁ、会わせたいなぁ」

いきなり、九條さんがため息をつくようにいった。

えっ、と九條さんをみた。

「青目を寺山に会わせたい、いま、会わせたい」

駄々をこねるようにいうと、私のコップに勢いよくウイスキーを注いだ。自分が酔ってくると、やたらに私に飲ませるのが九條さんのクセだった。

「今だったら、あなたたち絶対に仲良くなれるわ」

「仲悪くないですよ」

「ううん、青目は寺山を嫌いだった」

「そんなことありませんて……」

「寺山は知ってたわよ、青目に嫌われてたって」

「私……寺山さんを傷つけていたんでしょうか」

九條さんは、しばらく黙っていた。

「なんでそんなこというのよ」

「いままで、考えたこともなかったんですけど」

「寺山は、なんにでも傷つく男だったわ……で、平気で人を傷つけたりもした」

「私は、ずっと好きでしたよ」

「寺山は青目のこと、どう扱ったらいいかわからなかったのよ」

「伝わっていなかったんですね、好きだったのに」

「でもね、今だったら、青目は寺山修司を好きになれると思うの」

「好きですって、昔から……」

「でね、いまなら寺山は、青目となんの屈託もなしに話が出来る」

堂々巡りだ。

「だって、あんないい本、書いたんだもの。きっと喜ぶわよ、まるで自分の手柄みたいに自慢するに違いないわ」

九條さんは自分のグラスにもたっぷりとウイスキーを注ぎながらいった。

「あぁ、会わせたいなぁ」

泣きそうになった。

メリーゴーランド

「死ぬのはいつも他人ばかり……」

銀座六丁目のカウンターバーで、九條さんは芝居がかった声でつぶやき、デュポンのライターでいい音をさせて煙草に火をつけた。

その様子を見ていると、九條さんはいきなりライターを私の前にカチンと音をたてて置いた。

「あげる……」

「いりませんよ、すぐ失くすから」

「なんだ、見てるから欲しいのかと思った」

「カッコいいなぁと思って、見とれてたんですよ」

「よろしい。じゃあ、やっぱりあげる」

九條さんはくれたがりだった。

「死ぬのはいつも……この言葉、寺山が亡くなったとき浮かんだの。ねぇ、これ、寺山の言葉、それとも誰か他の人？」

九條さんが真顔で聞くので思わず笑ってしまった。

その日、私たちはそのライターをなくした。

煙草に火をつけると九條さんはライターを私の前に置く。いりませんよ、と、私は煙草に火をつけると再び九條さんの前に置いた。

そんなことをしながら二軒のバーをハシゴしているうちに、なくしてしまったのである。

「いい、アンタがなくしたんだからね、アンタのライターなんだから」

九條さんは私を責めた。

「私、もらってませんよ。まだ九條さんのライターでした」

時間は午前零時を過ぎようとしていた。

「もう、十二時過ぎましたよ」

「まだ、十二時っていいなさいよ、子供じゃあるまいし」

いい気分で酔っているときに帰ろうなどというと、九條さんは本気で怒るのだった。

「亡くなったとき、変ないい方だけれど、ようやく寺山の番が回ってきたんだわと思った……ううん、違う、あとになってそう思ったような気もする。あのときのことはよく覚えていないの。前の日のこと、話したわよね」

「はい、九條さんが大阪から電話して、寺山さんが熱があるって……」

「そう、寺山は熱には慣れてたけど、あのときはちょっと辛そうだった。とにかく忙しかったのよ。定宿にしてた京王プラザか麻布プリンスで原稿書いて、調べものがあるとアパートに戻って、一階にはお母さんが住んでいたから、ちょっと顔を出さなくちゃいけないし、劇団で打ち合わせもあるわけだし、競馬の解説とか、テレビもある……」

　五月半ばからは横浜、大阪、札幌と舞台の予定も入っており、それに加えて日仏合作の映画の公開も近かった。

「四月の十八日に『レミング』の横浜公演のテレビ出演と記者会見があって、このとき顔色が悪かったのよ。なんか、いやな汗もかいていて……でも、寺山が忙しいってことは、私もその倍くらい忙しいわけで。気にはなっていたのだけど。案の定、翌日から熱がでて。三十八度近くもあったのよ」

　結局、熱は下がらず一緒に行くはずだった大阪公演には九條さんがひとりで行くことになったのである。

「あのとき……あぁ、なんでだろう」

　そういったまま、黙り込む。

「クジョウさんたら、大変なことしちゃったのよ」

　そういうと九條さんは胸に手をあてた。

「あのときのことを思い出すと、いまでもドキドキしちゃうの」

あの日、九條さんは寺山さんと最後の会話を交わした。

「熱が三十八度もあるって……そんなにあったら苦しいでしょうって、私がいって。それから、寺山が、早く帰っておいでよって……」

九條さんは、そのときのやり取りを確認するかのように反芻した。

「いつもならね、そのあと、私がいうことがあったのよ」

また、しばらく黙り込んだ。

待った。

「大丈夫よ、とか、大丈夫だからって……いつもならいってた」

黙って聞いていた。

「それが、あのとき、いわなかった……なんでだろう」

なにかあると、九條さんは、大丈夫よ、というクセがあった。

「早く帰っておいでよって、寺山がいって、私は、早く寝なさいいって……そういって電話を切っちゃったの」

翌日、大阪から戻ると、寺山さんの意識はもうなかった。

「そのとき、あっ、と思ったの」

胸に手を当てたまま、九條さんはため息をついた。

「早く寝なさい、のあとに、大丈夫よ、っていうべきだったのよ……なんでいわなかったのかしら」

寺山さんは、九條さんを、大丈夫観音とか、大丈夫菩薩とか呼んでいたらしい。

「いろんなことがあったでしょう。にっちもさっちもいかなくなったとき、私は最後にはいつも、大丈夫よ、っていって、乗り切ってきたのよ。まるでおまじないみたいに」

それを寺山さんは、面白がった。

「君のおまじない……いや、呪文かな。本当に、大丈夫な気がしてくるから不思議だね」


点滴、酸素吸入、寺山さんの体のいたるところに管が通され、顔を見るにも声をかけるのも、その複雑な管の合間をくぐらなくてはならなかった。

「ピッピッとかグーンとか、病室中いやな音がしててね。あれいやね、大嫌い」

やがて医師から近親者を呼ぶように指示が出た。

しかし、はつは息子の重篤を断固として認めようとはせず、九條さんは何度も迎えに行った。

夜中の一時過ぎ、ようやく引きずるように病院に連れてきたものの、はつは頑として病室に入ろうとはしなかった。

「修ちゃんの寝てるとこなんか見たくないよ」

しかし、医師の説明には珍しく耳を傾け、最後には、よろしくお願いします、と神妙に頭を下げ、帰っていった。

「どれくらいの時間が経ったのか、何日経ったのか、それもよく覚えていないの。病室の外で見舞客に挨拶していたら、中から谷川（俊太郎）さんが大きな声で私を呼んだの……」

病室に飛び込むと、心電図のモニターに上下しながら流れていた線が力を失い、やがて一本の線になった。

九條さんは茫然とそれを見ていた。

気がつくと、あの、ピッピッ、という音も消えている。

「嘘でしょう……」

それは、自分でもびっくりするような大きな声だった。

死ぬのはいつも他人ばかり……その言葉が九條さんの頭を巡っている。

穏やかな死に顔だった。

グラスのウイスキーを飲み干した九條さんが突然いった。

「デュシャンよ、マルセル・デュシャン」

私がキョトンとしていると焦れたように言葉を重ねた。

「死ぬのはいつも他人ばかりっていった人よ。思い出した」

九條さんはウイスキーをお代わりした。

「飲み過ぎですよ」

「今日は特に酒がうまいのよ、付き合いなさいよ」

そういってバーテンを呼ぶと、私の分もお代わりした。

「ぼくは不完全な死体として生まれ、何十年かかって、完全な死体となるのである……これは寺山の言葉よね」

九條さんは、おいしそうにウイスキーを飲むと、この言葉をもう一度繰り返した。

「葬式は、彼が主役の、最初で最後の舞台なんだって、私は、そのプロデューサーだって、自分にいい聞かせていたのだけは覚えてる」

私は葬儀の日、なにか手伝えないかと近くにいたものの、役には立てそうにもなかった。

九條さん、九條さん、九條さん……みんながなにひとつ決められず、九條さんを呼んだ。不思議なことにその日、九條さんを、奥さん、と呼ぶものはいなかった。

黒いパンツスーツに身を包んだ九條さんは、全ての問いかけに迷うことなく瞬時に判断し決定し、指示を出す。

「九條さん……」

慌てた様子でやってきたのは、森崎偏陸だ。

彼は十七歳で劇団にやってきた当時のままの少年の顔でいった。

「九條さん、受付が倒れました」

みな疲労困憊していたのだ。

九條さんは手に持った葬式の手順表のようなものに目をやりながら、顔色ひとつ変えず、すかさずいった。

「あ、そう、倒れた……大丈夫よ、代わってあげて」

あまりの素っ気なさに、ちょっと笑いそうになった。

九條さんは、そのときの記憶を取り出すためか、双六のサイコロでも振るように頭を揺らした。

「はっきりいって、私には泣いてる暇もなかったし、倒れている場合じゃなかったのよ。そうね、あの時の感情は……心の底にあったのは怒りだった。無性に腹が立って仕方なかった。分かる？」

「分かるような気がします」

「その怒りが私を支えていたような気がするの。亡くなってから葬儀まで、私は泣かなかったのよ。泣いた記憶がないの」

「いつ、泣いたんですか」

「泣いたかしら……忘れたわ。お母さんは息子の死を認めなくて、葬式にも出なかった。私も寺山は死んでなんかいない……ふと、そう思うこともあったくらい」

寺山さんが体調を崩し始めていたことは、もうだいぶ前から誰もが気がついていたことだったが、それが大事に至るとは誰も思わなかった。

「本人がもっとも認めなかったのよ。病院にいくのさえ拒否してた」

九條さんは、そのころから漠然とした不安を抱き始めていた。

しかし、劇団の仕事を減らすと、他の仕事を引き受けてしまう。

「イタチごっこね」

「あれは、どこだったかしら……オランダ、アムステルダムだったかしら、顔色がどす黒くて気にはなっていたの。休ませなくちゃあと思ってた」

それは、何回目かのヨーロッパ公演だった。

「主催者に夕食に招待されて、珍しく寺山が行きたいっていいだして……」

寺山さんが体調を崩してから、海外公演先でのパーティーや夕食会など、付き合いは全て九條さんが引き受けていた。

「その日は気分が良かったのね。少し歩きたいっていうから、寒かったけれど近くの公園を散歩しがてら出かけたのよ」

公園には古びたメリーゴーランドがあって、二〜三人の子供が乗っていた。

「木馬とかはなくて、ブランコ風の鉄の棒の先に椅子がついているだけの簡単なもので、それが手回しでね。オジさんが脇で木のハンドルをギコギコ回していたのだけれど、スピードを早めると子供を乗せたブランコが大きく宙を舞うのよ。子供たちがキャーと声をたてたり、泣きそうになる子もいたりして……」

オジさんは、子供たちをいたぶるようにハンドルを操作していた。

寺山さんは長いことその様子を眺めていたそうだ。

「食事が終わって帰るとき、寺山がメリーゴーランドをもう一度見たいというのよ。あたり前だけれど、もう暗くなって公園には誰もいなかった」

人のいない公園で見るメリーゴーランドは、さらに古びていてみすぼらしかった。

「やっぱり、アラブの移動遊園地だよ、って、寺山がうれしそうにいって、絵柄や文字を興味深そうに眺めてて……私はね、てっきりいつか舞台に使いたいのだろうと思ったの」

寺山さんはしかし、思いがけないことをいった。

「ボクのメリーゴーランドに乗って、振り回されて落ちたものもいた、紐が切れたり、遠くに飛ばされたり……」

そういって寺山さんは九條さんを振り返り、こういった。

「キミは、しっかりつかまっていたんだね」

あまりにもまっすぐに見つめられ、九條さんはちょっとうろたえた。

「当たり前よ、私は絶対に落ちたりなんかしないんだから、っていってやったわ。メリーゴーランドが回るのを見ながら、そんなこと考えていたんだ、と思った。ちょっと、泣きそうになって……なんだかその先を聞きたくなくて、行きましょう、風邪引くわって、私、どんどん歩き出したの」

途中で振り返ると、寺山さんはメリーゴーランドの脇で立ち止まったままの姿で、こちらを見ていた。

「すごく寂しそうで……なんだかものすごく不吉な気持ちになったわ」

あとで調べると、それは一九七八年、寺山さんが四十二歳の頃だと思われる。


体調が悪化すると反比例するように仕事の量が増え、そのうち入退院を繰り返すようになる。

「正確にいうとね、仕事は寺山が増やしたのよ。まるで餓鬼のように仕事に武者ぶりついた……休ませようと入院させても、そこが仕事場になってしまう。ひっきりなしに打ち合わせやら新しい仕事の依頼で人が出入りして、休むどころではなかったわ」

そんな中『百年の孤独』（後に『さらば箱舟』）の沖縄ロケが始まった。

一九八二年、一月のことである。

「このままでは命の保証はしない……」

主治医の出した最後通告は残酷なものだった。

「それまでも、本人と主治医の庭瀬先生、谷川さん、私と一部のスタッフが何度も何度も話し合ったの。そりゃあ、やらせたい気持ちもあった。文学に造詣の深かった庭瀬先生でさえも迷ったのよ。私は、まるで時限爆弾を抱えている気分だったわ」

沖縄の現場には寝椅子を持ち込み、体調が悪いとすぐに横になる、という壮絶な撮影であった。

「それに、私は金勘定もしなくちゃならないわけよ。天候や寺山の体調によって撮影が一日でも延びればその分お金がかかるんだから」

そんな中、撮影はなんとか終わったものの、今度は寺山さんが入院を断固拒否するようになった。

「入ったら、もう二度と病院を出られない……そういう危機感があったのだと思うわ」

優しい男

「今日は、ちょっと行きたいとこがあるの」

あるとき、数寄屋橋の交差点で待ち合せた九條さんがいった。

「確かめたいことがあって……」

そういうと、交差点近くの通りから二階の店を見上げた。

アルマーニのパンツスーツにショートコートを羽織った九條さんは、黒いスエードに白い線の入ったスニーカー姿で軽やかに螺旋階段を上っていった。足を痛めてからハイヒールが履けなくなったと嘆いていたが、スニーカーもよく似合っている。

店内に入ると窓際に近づき、今度は外の通りを見下ろした。

九條さんは勝手に窓際の席に着いた。

「やっぱり、ここだわ、そう……間違いないわ」

盛んに頷きながら、感慨深そうに店内を見渡している。

ウエイターにワインリストを持ってこさせると、九條さんは私に選ばせた。

しかし、ポルトガルの漁師町で樽酒ばかり飲んでいる私は、実はワインの味をよく知らない。

内心、た、た、た、高ぁ～い、と思いながらワインリストを眺めた。

「スマートなものではなくて……泥臭いのはどれかしら」

私の質問にウエイターは言葉につまり、聞いて参りますと奥に消えた。

「生意気なことというじゃないの」

「わからないんですよ、上等なの飲んだことないんです。ただ、上品なのが苦手で濃いのが好きなんです」

　窓の外にはすっかり夜の帳が降りて、色とりどりの灯りが瞬いている。

「この店、一度だけ来たことがあるの。寺山と離婚したあと……ずっと忘れてたけど、まさかまだあるとは思っていなかった。この前、ふっと見上げて、あっ、て思い出したの」

「でね、そのとき、ここで泣いちゃったのよ……相手、誰だと思う」

見当もつかない……九條さんが泣いたというのは、祐天寺の三階の私室で顔を覆いゴロゴロと転がり、その様子を寺山さん、東さん、朔美さんが見下ろしている光景で、しかし、それは実際に私が見たものではなく、朔美さんの口から聞いたものだった。

「ハムさんよ、彼の前で、私、泣いちゃったの……覚えてる？　ハムさん」

もちろんだった。

「大好きでした」

「いい男だったわね、ハムさん」

九條さんがいった。

「手が、きれいな男でね」

いい男、ハムさんの手……考えたこともなかった。

「見てないんだ……あんな綺麗な手、見たことないわ。ゾッとするほど色気のある手だったのに。あなたたち、子供だったのね」

「小柄な方でしたよね」

「そうそう、私が、頭一つ高かった」

私の知っているハムさんは髪を七三に分けポマードで固め、ありふれた地味なスーツ姿で、出かけるときにはポケットに突っ込んだよれよれのネクタイを引っぱりだし首に巻いていた。

私たちにとってはどこにでもいるごくありふれたオジさんだったが、ハムさんは私たちをちゃんと扱ってくれた。どんなに忙しくてもきちんと目をあわせ、話だけは聞いてくれた。


一九六四（昭和三十九）年、オリンピックが開催された年に、男性向け週刊誌「平凡パンチ」が創刊、そのあとに、やや硬派な「プレイボーイ」が出た。

寺山さんとは古い知り合いだというハムさんという人を「プレイボーイ」の編集部に訪ねた

のは、劇団の広報を担当することになってすぐのことだった。

さっきまで誰かが仮眠をとっていたらしい古びたソファに座って待っていると、ハムさんがやってきて、誰かぁ、お茶入れてやってくれよ、と叫び、傍らにあった未開封のアマンドのクッキーの蓋を開けてくれた。

「いま、客が来てるから、ちょっと待っててくれよ、すぐ終わるから」

ハムさんは上着に袖を通しながらいった。

「お前たち、役者なの……」

そう聞いたものの、ハムさんは返事を聞かないうちに慌ただしく出ていった。

私たちは、見慣れない出版社の活気に圧倒されたり、外国のものらしいちょっと過激なヌード写真の載った雑誌を眺めたりして、すっかりくつろいでいた。

一時間は経ったろうか……ピヨコがクッキーの缶に手をのばし、あっ、と声をあげた。さっきハムさんが開けてくれたばかりのクッキーがもうないのだ。慌てて乱雑な机の端に戻したが、戻ってきたハムさんはいち早く空っぽの缶に気がついた。

「なんだ、腹減ってるのか、お前たち……」

私たちはハムさんに連れられ、まだ開店前の銀座の小さなバーに連れていかれた。

「なんか食わしてやってくれよ」

入口近くのカウンターに座ると、バーテンが賄いらしいサンドイッチとコーラを出してくれた。そのおいしさにピヨコも私も我を忘れた。二人ともローストビーフもレタスというものも初めて食べたのだ。

「腹へったらいつでも来ていいぞ。ただし、五時まで。酒は飲むなよ……」

グラスを磨いていた物静かな初老のバーテン、シマちゃんが笑顔で頷いた。

「お前さんたち、梶山季之って知ってるか」

ハムさんが聞いたが、私もピヨコも知らなかった。

「そうか……知らないか。ベストセラー作家だ。すごい作家なんだぞ」

あとで知ったことだが、ハムさんはその大作家の担当編集者で、仕事以外にゴルフや麻雀の相手をしたり銀座に飲みに行ったり、海外の取材にも付き合ったりして忙しそうだった。

その話を九條さんは楽しそうに、時折、笑い声をあげて聞いていた。

「いやだわ、知らなかったの？　梶山季之……」

呆れたようにいった。

「その店、有名な文壇バーよ、多分……ハムさんは、あなたたちのこと面白がってね、パーティーとか会合で会うと必ず話が出たわ」

赤ワインのボトルがくると、九條さんはハムやチーズをいく皿か頼んだ。

「足りなかったら、帰りにお寿司でもつまもう」

九條さんは、酒を飲むときにあまり食べないが、食いしん坊の私のことを常に気にしてくれ、いつ頼んだのか、料理屋の帰りがけに小さな折り箱や棒寿司を持たせてくれたりした。

ボトルの赤ワインを飲み始めると、なにかいいた気だった九條さんが口を開いた。

「私たちの離婚の記事、知ってたでしょ」

それは、独占スクープという形で女性週刊誌に大々的に掲載されたのだった。

「よく覚えていますよ。新しい男と女の関係、とか、アバンギャルドな離婚とか、じゃなかったですか」

ふふふ……と、九條さんは笑った。

「どう思った、あの記事……男が考えそうなことよね、女には通用しない。あんな言葉に騙されないわよ。男と女の関係は昔も今も同じ……でしょ」

確かに……あの記事を読んだとき、寺山さんが作った話だと直感した。

「東さんが辞めて、青目とピヨコも辞めて……朔美さんはまだいたわね。並木橋に自分たちの劇場を持ったときで、なにもかも新しくやり直そうと思ったの……私はね」

寺山さんと九條さんは、すでに別々に暮らしていた。

「もう、なにもかも終わってたのよ。でも表向きは夫婦だったから、なんだかギクシャクして……クジョウさんは正直だから、みんなを騙しているようで苦しかった」

東さんは天井桟敷を辞めて、新しい劇団を作ることになった。

「一緒にやろうといってくれたけれど……知ってたでしょ、私と東さんのこと」

「あぁ……」

私は、つい大きな声を出した。

「東さんのこと、好きだったのよ、私……」

あまりにも素直ないい方に、少し慌てた。

「本当だったんですか」

噂はなんども聞いてはいたが、留守がちだった私もピヨコも気がつかなかった。

その噂話を私たちに告げたおしゃべりな劇団員の向こう脛を、ピヨコは話が終わらないうちに思いきり蹴った。おしゃべり男はうめきながら床に転がり、のたうち回った姿が蘇った。

「知りませんでしたよ」

いつだったか萩原クンが見たという、九條さんの泣いている姿が私の脳裏に現実となって浮かび上がった。床に転がり悶え泣く女を三人の男たち、寺山修司、東由多可、そして萩原朔美が、なす術もなく見下ろしている。

身近にいた萩原クンが、あのとき、事情を知らないといったのは嘘だったのかもしれない。

劇場が出来たとき、迷った末に九條さんはプロデューサーとして天井桟敷で仕事をしていこうと決めたのだった。

「でも、寺山は離婚に関してはなかなか決心がつかなかったみたい。で、私が家を出ちゃったのよ」

それが外部にも知られるようになり、マスコミが騒ぎ始めた。

「寺山がもっとも恐れたのは、私と東さんのスキャンダル……あの離婚記事、スクープといえばそうだけど、あれは寺山が小亀ちゃんに書かせたのよ」

　女性週刊誌の記者・小亀ちゃんは若いころから寺山さんの大ファンで、祐天寺の劇団に入り浸り、上司からは給料は寺山からもらえといわれていた。

　寺山さんは当時、彼を上手に利用して天井桟敷に関する記事を幾つも書かせ、小亀ちゃんの方も私たち劇団員にお茶やケーキを奢ったりして、劇団の内部事情を探り、スキャンダルめいた記事を掲載したりと、持ちつ持たれつの関係だった。

「マスコミが寺山を追いかけ始め、私の周りにも週刊誌の記者がウロウロするようになって、もう隠しきれないと思ったの」

　東さんが辞めることになったとき、寺山さんは東さんに頭を下げにも行ったそうだ。

「でも、東さんの決心は固かった……一緒に芝居をやろうと誘われたものの、私とは世代も芝居に対する世界観も違ってたし、なにより、若い人の足手まといにはなりたくなかった」

　渋谷に自分たちの劇場を持つという最高の贅沢を手に入れ、天井桟敷の名も知られ、これからという時期でもあった。

「そういう意味で、一から出直すにも離婚は必要だったの。小亀ちゃんに会ったときには、寺山の離婚劇のシナリオは完璧に出来ていたのよ」

一九七〇（昭和四十五）年十一月、三人は渋谷の中華料理店、獅子林で会った。知り過ぎた男、小亀ちゃんは呼び出されたものの、話の内容を知らされておらず、夫婦で現れた二人から離婚話が出たことに相当驚いたらしい。

「目を白黒させていたわ。まぁ、二人がうまくいってないことは彼も気がついて嗅ぎ回っていたはずだけど……とにかくキミはしゃべるなって寺山からはいわれていて、どうなるんだろうって、ちょっとワクワクしちゃった」

寺山さんはタイトルまで考えていた。

「おまけに、くれぐれも、ありきたりな離婚話にはして欲しくない、って注文を出してたわ」

後日、小亀ちゃんが書き上げた記事を確認するために、再び夫婦で会いに行った。

「その原稿を読んだ寺山は小亀ちゃんにこういったのよ。ここまで自分たちの意を汲んだものを書いてくれて、ありがとう……って。あの寺山がよ、あまりにも素直にお礼をいったのが印象に残っているわ」

このとき、小亀ちゃんは一つだけ鋭い質問をしている。

「こういう結果になるまでに、お二人の間に愁嘆場はなかったんですか、って聞いたの。そしたら寺山が、全くありません、て即答した」

九條さんは、愁嘆場の意味を知らなかった。

「しゃべっちゃいけないといわれていたけど、思わず聞いちゃったのよ」

すると寺山さんは、愁嘆場の意味を九條さんに丁寧に説明し、小亀ちゃんにはこういったという。

「いままで仲良くやってきたし、これからも二人の関係は変わりません……へぇ、と思ったわ。だって、本当は愁嘆場だらけだったんだもの」

劇団が出来てから、もめ事は山のようにあった。

「いいたいことがあっても、お互いに忙しすぎて……たまに顔をあわせても、劇団のことを優先すれば、愁嘆場になるまでいかなかったってこと」

さらに寺山さんが言葉を続けた。

「強いていえば……いままでと変わったことといえばですね、二人の間にあった、家庭というものを排除したのです。芝居をやっていくのに家庭は必要ないわけで、って。どんな質問に対しても答えを準備しているんだって思ったわ」

記事が出たあと、二人の離婚はマスコミを賑わせた。男と女の新生活運動、マイホーム打破、アバンギャルドな男と女、実験離婚、などとタイトルをつけられ、どの記事にも仲睦まじい二人の写真が添えられていた。

寺山さんはこのときもマスコミを巧みに利用したのだ。

離婚に関する話し合いは、一度だけだった。

「並木橋に劇場が出来たあと、寺山がアパートを訪ねてきたのよ。マスコミに知られるのは時間の問題だったし、寺山もとうとう覚悟を決めたのね」

九條さんはそれまでに溜まりにたまっていたものを全てぶちまけた。

「いましかないって思ったの。これから一緒に仕事を続けるわけだから、後腐れがないようにと思ったのよ」

逆上すると手が付けられなくなるタチの母、はつの影響からか、寺山さんは女が怒るのを極端に怖がった。それが分かっていたから九條さんは、注意深く、冷静に、静かに話し出した。

「でもね、話しているうちに、いままで我慢していたことが溢れるように沸き上がってきて……声は静かだったけれど、私の心の奥の怒りが寺山に伝わったのだと思う」

大きな体の寺山さんはうなだれて一言も発しなかった。

「それがまた気に食わなくてね……なんとかいいなさいよ、あなただっていいたいことがあるでしょ」

自分の声が荒々しく高くなっていくのが九條さんにもわかった。

「無性に腹が立ってきて……寺山の肩に両手をかけて揺すったわ。それから、クッションとか、その辺にあるものを投げつけた」

それでも寺山さんは身動き一つしなかった。

「叫んだわ……それどころか、怒鳴った。そんなこと誰にもしたことないから、自分でもびっくりしちゃって、でも止まらない……思いっきり罵って、テーブルをひっくり返してやったわ」

「まるで、寺内貫太郎ですね」

九條さんは首をすくめクスッと笑った。

それから、もうすることがなくなった。

「いくら探しても、もうなにも思いつかなくて……クジョウさん、大きな声でワンワン泣いたのよ」

夜は白々と明けていた。

「でね、泣きながら気がついたの。寺山が来たとき、腹減った、なにか食わしてくれって、いったのよ……気がつくと、クジョウさんたら台所でお湯を沸かしてたの。冷蔵庫にはなにもなかったけど、貰い物のおいしいうどんがあったはずだ、なんて考えてた」

二人はなにごともなかったように向かい合い、うどんを啜ったのだという。

「夫婦って、本当に滑稽よね」

うどんに入れる具がなくて、一枚の油揚げを半分ずつにしたと聞いて、私はお腹をよじって笑い、九條さんも他人事のように笑った。

「で、寺山が帰ってから気がついたの……私は怒ってたんじゃない」

「え……」

「うん、違うの……悲しかったの。あんなに好きだった寺山を嫌いになったことが悲しかったの。わかるでしょ」

「寺山さんは、どうだったんでしょう……好きだった人に嫌われちゃって」

「あとで知ったのだけれど、寺山はお母さんのところにいって泣いたらしいの……ドキッとしちゃった」

自分で作り上げた平和的離婚劇の裏で、寺山さんは苦悩してもいたのだろう。

もっとも、母・はつは、二人の離婚は税金逃れのための偽装だと思い込んでいたらしい。

「あれが愁嘆場じゃなくてなんなのよ」

九條さんは、そういって私を見た。

ハムさんから九條さんに電話があったのは離婚の記事が出てすぐのことだった。

「大丈夫かって……メシでも食おうって」

ハムさんの、メシ食おうの台詞は有名だった。

「今度、メシ食おう……」

私もピヨコも、この台詞をハムさんから何度聞いたか知れないが、その、今度は、決してやってこない挨拶代わりのようなものだと理解できるようになった。

「それが、今日こそ飯食おうって……」

九條さんも、いつものことだろうとアテにはしていなかった。

「それが、六時少し前に電話があって、いまから出られるかって。はい、どこに伺えばいいですかっていったら」

とにかく、外に出てこいよ、といって電話が切れた。

「出ていくと、アパートの前に黒塗りのハイヤーが止まっていて……近くの公衆電話からかけてきたらしいの。どうやって私の住所や電話がわかったのかしらと思ったら、離婚発表のあと、寺山と私がそれぞれ引っ越しのお知らせを出していたのね」

そして、やってきたのが数寄屋橋のこのイタリアンの店だった。

「二人でワイン飲んで……ハムさんたら、なんにも聞かないの。私が天井桟敷が出来たときの話とか、なに話しても、そうか、そうか、って」

元気を装いながら、九條さんはスパゲティをフォークに絡めながらつい黙り込む。

ハムさんは、大丈夫か、と聞いてくる。

「それが優しいいい方でね。本当はスパゲティなんか一口も食べてないのよ、ただクルクルしてただけ……大丈夫か、って三回目にいわれて、私、急に泣けてきちゃって。そしたら、ハムさんが泣けよ、気がすむまで泣けよって」

九條さんの中で、張りつめていたものが一気に崩れた。

「人が見たらどう思うかしらって、私が気にしていたら、いいよ、気にすんなよ、いくらでも泣けよ、って。でも、しばらくしてハムさんが、私に気づかれないように時計にチラッと目をやったの。はっ、て我に返ったわ。忙しい人だったのよ」

　ハムさんは引き止めてくれたが、九條さんは仕事があるからと席を立った。

「で、ハムさん、別れ際にこういったのよ。寺山があんな記事を作ったのは、お前さんのためだぞ、って。自分のことも守ったのだろうけど、お前さんがつまらないこと書かれないように、それなりに気を使ったんだって」

　九條さんは、当時の寺山さんの気持ちなど考えたこともなかった。

「それ聞いて、なんだかホッとしたっていうか、気持ちが収まったの……それまでと生活はなにも変わらないのに、離婚した途端に寺山とクジョウさん、すごく仲良くなったのよ」

　煩わしいことから開放され、仕事に集中出来た。

「でね、寺山もクジョウさんも、一つだけ弱みがあって……ご飯をひとりで食べるのが苦手だったの」

　離婚発表してしばらくすると、二人は堂々と食事に出かけ、寺山さんは頻繁に九條さんの部屋に夕食を食べにきた。

「もう一つ、いいことがあったの。なんとなく気まずかった寺山と東さんの仲も復活して……東さんは自分の劇団持ったから、なにかと寺山がアドバイスしたり、二人でお別れ旅行に行ったりしたのよ」

　寺山さんも東さんも競うように、その旅がいかに楽しいものであったか、九條さんにたびたび話して聞かせたそうだ。

「本当によかったと思った……あんなに仲が良かった二人を引き裂いたのは私のせいだと思ってたから」

やがて寺山さんにも九條さんにも、それぞれ恋人が出来た。

「寺山が、会いたがってね、私のボーイフレンドに……それなら、あなたもガールフレンドを連れてきてよって」

四人で飲みに行ったり食事をしたりしたそうだ。

「寺山はガールフレンドはすぐ出来るのだけれど、長続きしなかった」

寺山さんの女の好みは難しかったのである。

「まず、仕事を持った自立した女であること。もちろん、見映えがいいことも条件に入ってる。見栄っ張りだから、人に見せたいのよ。それから映画や音楽の話が出来て、読書家で……自分の意見は持っているけど、従順。料理が上手で、あと、自分より寺山を優先すること。で、自分が帰るときには家にいてくれる……」

いいながら、九條さんは笑い出した。

「いるわけないじゃない、そんな女。だからね、すぐに別れるのよ、というか捨てられる」

捨てられて、他の男に走ったガールフレンドを取り返そうと、寺山さんは九條さんに助けを求めたこともある。

「彼女に会うことがあったらキミからいってやってよ、あんな男はあなたに合わないって、いってやってよ。そんなことというのよ。笑っちゃったわ。女の気持ちは一度離れたら元に戻ることはないのに」

九條さんが残り少ないワインをグラスに注いだ。

「クジョウさんは案外、長く続くのよ、でも……」

海外公演が別れるきっかけになったようだ。

「ひと月とかふた月も日本を留守にするわけでしょ。私にしたらたったのひと月が、男からすると大事件……で、最後には必ずこういうのよ。やっぱりボクより、寺山を選ぶんだな……彼からすると私の後ろにはいつも寺山がいたのね」

男の、この台詞で九條さんの気持ちはいっぺんに覚めてしまう。

「私は、寺山を選んだわけじゃない、仕事を選んだのに」

ボトルが空いた。

二人は思わず顔を見合わせ、九條さんはウエイターを呼んでグラスでお代わりをした。

「私たちの飲み方、どうみてもスマートじゃないわね」

芝居は誰のもの

イタリアンレストランを出ると、私たちはほろ酔い気分で二軒目の店を探して数寄屋橋の路地裏を歩いた。銀座とは思えないうらぶれた路地は薄暗く、なんだか懐かしいような気配が漂っている。

「いいでしょ。青目が好きそうだなと思ったの」

しかし、九條さんがついこの間見つけたというカウンターバーはなかなか見つからなかった。

「おかしいわねぇ……通りは間違いないのよ、いい店なのよ」

そういいながら九條さんは、それらしい店を見つけるとドアを開けては確かめる。楽しそうだった。

その途中、九條さんがいきなり腕を組んできて耳元で囁いた。

「あのね、一人だけいたのよ。仕事辞めてもいいかなって思った男」

そういうと、いきなり私を突き放し、蔦の絡まった木のドアを開けた九條さんは頷いて手招きした。

七、八人も入れば満員といったカウンターだけの小さな店は、シェリー酒の専門店のようであったが、そのことを九條さんは知らなかった。前回見つけたときに確かめたのは、煙草が吸えるかどうかだけだったのだ。

久しぶりだという辛口のシェリーを、九條さんはおいしそうに口に含むと、うん、うん、と頷いて私を見た。私は、話の続きを期待して黙って待った。

「あのときだけかな、迷ったのは……」

九條さんが煙草を咥えると、若いバーテンがすかさず火をつけ、薄っぺらなアルミの灰皿を差し出した。灰皿はカラカラといい音で回り、九條さんを喜ばせた。

「忙しい男で……二人でなんとか時間をやりくりしてお茶飲んだり、車の中で話したり、明け方にようやく会えたり……そんなことが楽しくてね。海外公演も気持ちよく送り出してくれた」

彼は寺山さんのファンでもあり、よく三人で食事もした。

「あぁ、なんで私、こんな話してるんだろう。ホントに秘密なの、誰にも話してないのに」

九條さんは、頭を振った。

「いやだわ、ねぇ、なにか魔法かけてない？　青目に会うとつい余計なことまでしゃべらされちゃう」

うっすらと灯りに照らされているのはカウンターの背後の酒瓶だけで、隣にいる九條さんの横顔もシルエットだけだ。

「とにかく、仕事を辞めようと思ったのは初めてだった」

しかし、意外にも彼が自ら身を引いたそうだ。

「えっ……」

話しの腰を折られた気がした。

「クジョウさんが器用じゃないのを知ってたのよ。私に仕事を辞めさせたくなかったのね」

バーテンがグラスにシェリーを注いだ。

「お互いに相手のことを考え過ぎたのよ」

ショックをうけたのは意外にも寺山さんだったそうだ。

「いつもなら、私がボーイフレンドと別れると、ちょっとうれしそうで……あれはねぇ、ちょっとどうかと思ってたよ、よかったよ、別れて、なんていうのに、彼のときだけは、寺山ったら残念がって、ボクが何とか話そうか、なんて……」

すでに小一時間は経っているのに店に客は入ってこなかった。

「これで、おしまい……もうなにも話さない」

そういったものの、しばらくすると九條さんは再び口を開いた。

「消えたのよ、彼……私の世界から消えたの。同業者だったのに、芝居はおろか、パーティーとか会合に一切来なくなって、一緒に行ったレストランやバーにも現れなくなった」

九條さんが煙草を取り出し、バーテンが火をつけようとすると手で遮り、自分のライターで火をつけた。

「見事だったわ……ちょっと、いいと思わない」

「いまは、どうなさっているのですか」

「おしまい……」

九條さんは深々と煙草を吸った。

「死んじゃったわ……」

バーテンが、スペインから取り寄せたというオリーブを小皿に盛って出した。

私たちは、それを齧りながら顔を見合わせて頷き合った。ニンニクやニンジンとともに香辛料のたっぷり入った小粒のオリーブは、辛口のシェリーによくあった。

「ねぇ、寺山の芝居、なにが好きだった？」

九條さんの声が変わった。

「もちろん、青森県、です」

もっとも、私が観たのは『青森県のせむし男』『大山デブコの犯罪』『毛皮のマリー』だけだった。

「そう……その三つのうちだったら、そうね、やっぱり、私は、『毛皮のマリーかな』」

「あのころの芝居、面白かったですね。状況劇場も面白かったけれど、町の中で予告もなしに始まる芝居も面白かったですね」

夕方、ピットインの脇を歩いていると、いきなり芝居が始まったところに出くわしたことがある。それが後に伝説となった、すまけいの『ゴドーを待ちながら』だったとは、あとで知ったことだ。

「ああ、私たち見逃したのよ」

「野外劇というより、お金がなくて外でやるしかなかったんじゃないでしょうか」

すまけいは、当時アングラの帝王といわれた役者で、後にテレビや映画、監督としても活躍したらしい。

とても寒い日で、ピットインから飛び出した男、すまけいは、駐車場の雪解けのぬかるみに足をとられながら、叫び、歌うように台詞をいった。通りすがりだった私はただただ唖然と見ていたのだが、そこにはなにか真摯な清らかさのようなものを感じて目を離すことが出来なかった。

「寺山がしばらく野外劇に取り憑かれていたことがあるわ。ひとりで始まった芝居が街中を巻き込んで展開していく……巻き込まれた人も楽しんで、いつの間にか演じているのよ。で、街中が舞台になる」

天井桟敷の旗揚げ公演『青森県のせむし男』は、草月会館で幕を開けた。劇団設立から、たったの三か月、一九六七（昭和四十二）年の春のことである。

「感動しました……それまで見たことのない世界でした」

私がそういうと、九條さんがうんうんと頷いた。

「私もよ、イヤイヤやってた仕事がどこに繋がっていたのか、舞台を見て初めて知ったの。寺山はやっぱり才能があるんだって、改めて思った」

「私もです。忙しすぎて、台本もロクに読んでいなかったし、稽古にも行ってないので、実際の芝居を見るまではよくわからなかったんです」

「台本を読んだときはとても静かで……波ひとつない海みたいだったの。それが舞台に乗ったとたん、水しぶきをあげて物語が現れたの……そんな感じだったわ。あぁ、芝居ってこういうものだったんだって……。どの芝居も思いはあるし好きだったけど、やっぱりあの芝居が、天井桟敷の原点ね」

九條さんも私も、ちょっと放心したように、あのときの感動を味わっていた。

幕が下りると、静まりかえっていた客席の底から地鳴りのようなものがして、やがてそれは、うわぁぁぁ……という歓声に変わった。観客が立ち上がり、拍手が起こり、賞賛の言葉や叫び声が劇場中に渦巻いた。

一番後ろの席で立って見ていた私は、すぐに入り口に向かった。

帰り客の満足げな顔を眺めながら、私の体は感動のあまり少し震えていたことをよく覚えている。芝居が、こんなにも人を喜ばせることが出来るということに驚いてもいた。

「芝居が終わって、みんなしばらくはボーとしちゃって……それから抱き合って、飛び跳ねて。あの子たちのうれしそうな顔は忘れられないわ」

一方、さっきまで私と一緒だったピヨコの姿はなかった。

「あなたたち、一度も打ち上げには出なかったわね」

私はそのまま誰にも会わず夜の新宿に繰り出した。ひとりになりたかったのだ。

いい芝居や映画を見たときに人と話すのが嫌いだった。その感動を誰にも邪魔されたくない、ひとりで味わいたかったのである。

九條さんは実にたくさんの芝居を観ていて、会うたびに幾つものパンフレットを見せてくれた。

歌舞伎や能、文楽、文学座や商業演劇、下北沢の小劇団、学生演劇にも足を運んでいたらしい。

特に、名もない劇団や若い人の芝居をよく観ていたようで、気に入ると台本を手に入れ、読み込んでからさらに誰かを誘い舞台を観に行くのだという。この、芝居に対する熱心さには驚かされた。

いま思えば、寺山さんの作品をゆだねるべき舞台人を探していた節がある。

「寺山の作品を上演したいという人は、いまでもたくさんいるのよ。でも、誰にでもって訳にはいかない、私の目の黒いうちはね。あ、高校生や大学生は別よ。無条件で貸してる。時代が変わったから、面白い解釈があって発見があるのよ」

しかし、昔、早稲田の学生だった東さんがやった『血は立ったまま眠っている』を夫婦で観たときのような感動はないと嘆いた。

そして、カウンターの上に一枚のチケットを差し出した。

「行ってご覧、つまんないから……」

「つまんないのくださるんですか？」

「うん……ふっふっふ」

それは蜷川幸雄演出の『血は立ったまま眠っている』だった。

「私にとって運命の芝居よ。ずいぶん前からやらしてくれっていわれてたんだけれど、断ってたのよ。だって彼ったら、寺山のアイデアを平気で真似するんだもの」

多分、仲が良かったのであろう、辛辣ではあるが、親しさのあるいい方だった。

「それがね、とっても上手な真似方なの。それがまた腹が立つのよ」

九條さんはオリーブの種を齧ってしまったようで、痛っ、と顔をしかめた。

「まぁ、彼は日本の芝居を世界に知らしめた。そういう意味では大変な功績を残したけど、それは認めるけど、アンタなんて大嫌いだって、寺山の芝居なんか上演させないわって、私、いってやったのよ。そしたら、彼、なんていったと思う。しょうがないよ、だって俺、才能ないんだもの寺山みたいに……って、シレっといったのよ」

九條さんは、またオリーブをつまみ、最後の一粒が残った小皿を私の前に置いた。

「オレ、寺山のファンだし……それに全てのゲイジュツは模倣から始まるわけだからね。これって、寺山の台詞じゃなかった？って」

九條さんが再現する蜷川さんとのやり取りは、まるで姉と弟のようだった。

「うん……やっぱり寺山は才能があったと思うわ」

本音が出た。

「正直いうとね……焼きもちね。芝居やったり映画作ったり、寺山はもう出来ないのに、あんなにやりたかったのに、寺山は出来ないのよ」

そういってしばらく黙り込んだ。

「でもね、結局……寺山の芝居は、寺山がいないと面白くないのよ。そうでしょう」

黙って聞いていた。

「寺山の芝居は寺山だけのものだった。でね……」

九條さんは天井に向かって煙草の煙を吐いた。

まるで映画のワンシーンを観るようで、バーがよく似合う女だなぁ、とも思った。

シェリーのあとはウイスキーに替えた九條さんは、ロックグラスのウイスキーをカラコロと音をたててまわした。

そして、台詞でもいうようにこう続けた。

「私のものだった……」

沈黙が流れた。

「クジョウさんも、エゴイストだったってことよ……でも、そうしたら、みんなはどうなるの。私たちの犠牲になったってことにならない？」

私はちょっと笑った。

「心配しなくていいですよ。寺山さんの芝居は、私のものでもありました」

九條さんが私を見た。

「そして、みんなのものでもあったんです」

私がこういうと、九條さんは俯いた。

「そう……そうか。うん……ありがとう」

新しい世界

風月堂には一日に何度も通った。いつだって誰かしら知り合いや顔見知りがいて、青目、こっち、こっちと、あちこちから声をかけられるのは悪くない気分だった。

携帯電話のない時代だったから、風月堂には自分あてのメッセージが何通も残されているのだった。遊びの誘いはもちろんのこと、中には天井桟敷やマスコミ、スポンサーからの重要な伝言もあった。

「そのころの風月堂はクジョウさん知らないのよ。でも、あなたたちに連絡とるのに電話はよくしたわ」

寺山さんが出入りしていた頃の風月堂とは客層が変わり、芸術家だけではなく、デザイナーや服飾関係者、モデルや女優のたまご、コマーシャルに関わる、アートディレクターやコピーライター、カメラマンなどが増えた頃だ。

店に呼び出しの電話があると、白シャツに黒ズボンのウエイターが客席を回りながら名前を呼ぶのであるが……ムッシュさま、ガリバーさま、キリストさま、ブラウンさま、リカルドさま……名前は横文字だけれど、現れるのは全て日本人なのであった。

外国人客も多く、ヒッピー風の若者たちのほとんどがインドでフウゲツドウの名前を聞き、風月堂にやってくると、これもまた口コミで多くの外国人たちが京都に流れていったらしい。

そのうちマスコミでは風俗としての天井桟敷や状況劇場、当時あちこちで繰り広げられるハプニングやヒッピーなど、新宿の若者たちが取り上げられるようになり、私とピヨコが雑誌に載ることもあった。全て寺山さんの企画であったり指示であったが、劇団員の中には個人プレーとしての売名行為だと快く思わないものもいたようだ。

朝日新聞学芸部の記者、菊地貞三による新宿特集は、私とピヨコが一緒に夜の新宿を案内したもので、単なる面白半分の記事ではなく新しい文化の誕生を賞賛する内容で、寺山さんを喜ばせた。

「菊地さんが、誰か新宿を案内してくれる人間がいないかって寺山にいってきて、ぴったりのコがいますって、あなたたちを紹介したのよ」

菊地さんは、寺山さんの詩の仲間で若いころからの知り合いだった。

「天井桟敷や状況劇場のことを天下の朝日新聞が認めたって、寺山はとても喜んでいたわ」

当時私は、友達と住んでいたアパートを追い出され住むところがなく、バーで飲みながら夜明かしした。取材中にそれを聞いた菊地さんは、ジャズバー・キャットのカウンターでいった。

「うちに来なさいよ、女房も会いたがっているんだ……菊地さんがそういったんです」

九條さんは、刺し身をつまもうとしていた手を止めて、えっ……と、こちらを見た。

結局、部屋が見つかるまでの二か月間を私は菊地家で過ごしたのである。三食昼寝付き、時々は小遣いまでもらっていた。

「呆れた……アンタってコは」

さらに九條さんを驚かせたのは、以来、菊地夫妻とは現在に至るまで四十数年の付き合いが続いていることだった。菊地夫妻には子供がなく、私のすることなすことが面白かったようだ。

初めて菊地家を訪れたとき、お雛様顔の上品な奥さんはモーツァルトを聴きながら源氏物語を読んだり、かな習字のお稽古をしているような人であったが、そのうち私に付き合ってジャズ喫茶や風月堂に出入りし、ハプニングにハマってしまった。

「アパートのあった荻窪から新宿行きのバスに乗って、終点に近づく頃には胸がドキドキしちゃって……今日は一体何が起こるんだろうって。楽しかったわぁ」

いま、九十歳を過ぎた白髪のお雛様顔は、いまでもこういって当時を懐かしんでいる。

私とピヨコは週刊誌の対談に呼ばれたり、テレビの深夜番組のレポーターなどもやらされた。少しはお金にはなったが、拘束時間を考えれば割にあわない。

当時、風月堂に行けばその日暮らしの食い扶持になるような簡単なアルバイトが幾らでもあった。

あるとき、大島渚のプロダクション創造社で、撮影に若者が必要だということで何人かで事務所に面接に行ったことがある。

大島さんを囲んで世間話などしたあと帰ろうとすると、プロデューサーの山口さんに私だけが呼び止められ、六時に渋谷のすき焼き屋に来るようにいわれた。

その夜、すき焼きを食べながら山口さんがいった。

「君、うちの事務所で働いてみないか。もちろん、寺山さんのほうはそのままで構わないし、こちらから了解も取ります。手の空いているときだけでいいんだ」

事務所には、山口さんの他にデスクの女性が一人いるだけで手が足りないのだが、かといって正式に人を雇うほどの余裕がない。そう説明したあと、私が選ばれた理由を山口さんは次のようにいった。

「君、事務所で、出ていたまんじゅうを食べたでしょう。誰も手を出さないのに、君は二つも食べたよね」

九條さんは、そこで吹き出した。

「目に浮かぶようだわ」

「ひとりで留守番をしてもらうこともあるし、人の出入りが多いんだ。もじもじするような子はダメなのよ。こうやって、すき焼きを二人前も食べたんだからね、もう断れないよ」

こうして私の仕事はもう一つ増えたのである。

「山口さんからものすごく丁寧なご挨拶をもらってね、寺山はちょっとビビっていたわ。だって、時間給でいくらいくらお払いします、とか、あくまでも、仕事の優先順位は天井桟敷で、とか、とにかくきちんとしてたのよ。私は、あぁ、これで青目は劇団を辞めるだろうと思った」

「なにも知りませんでした」

「寺山にしたら、大島さんの事務所がお金をちゃんと払えるってことも堪えたのだと思うわ。で、なんていったと思う、寺山。しつけが行き届いていませんが、よろしくお願いしますって……びっくりしちゃった」

九條さんはゲラゲラと笑ったが、私はちょっとしんみりしてしまった。

いまになって思えば、私は社会人としての行儀や仕事の全てを、その創造社で学んだのだった。

電話や客が来たときの応対の基本などは、留守を預かるデスクの曽山さんという女性がお手本で、その仕事ぶりは惚れ惚れするほど見事であった。彼女は早朝やってきて事務所の掃除から一般の事務仕事、大島監督や所属俳優のスケジュール管理、交渉ごとを一手に仕切り、それを軽々と楽し気にこなしていた。

この、軽々と楽し気に、というのが私はとても気に入った。

明らかにディスコから朝帰りの私がそのまま出勤すると、曽山さんは呆れた様子もなく、可愛い、可愛いを連発し誉め殺すのであった。

創造社には、田村孟、石堂淑朗、佐々木守などの脚本家、俳優は、戸裏六宏、小松方正、渡辺文雄、佐藤慶、女優は小山明子、佐々木ふみ江など、そうそうたるメンバーが名を連ねていた。

事務所には毎晩のように、大島渚を筆頭に、脚本家、俳優やスタッフ、その他、一癖も二癖もある男たちや、ときどきは学生なども加わり喧々諤々、ときには大立ち回りも発生した。そんな中でも曽山さんは顔色ひとつ変えず、貧しい芸術家の腹を満たすために大鍋で大根入りのもつ煮込みやインスタントラーメンを大量に作るのだった。

そこには天井桟敷とは違って、大人の世界があった。最年少の女の子であった私は可愛がられちやほやされ、ちょっとそこまで煙草を買いに行っても大いに感謝されたのだ。

創造社での私の一番大きな仕事は、所属俳優たちのギャラの集金であった。当時、映画の出演料は現金で支払われていたのである。

「私の名前はニックネームに近い、青目海……履歴書も出してないし、私がどこの誰かもわからないのに、何十万、時には百万近い現金を取りに行きました」

「そういえば、私も現金でもらっていたわ……人を信用してた時代よね」

その反面、芸能界には有象無象の輩も多く、ギャラを持ち逃げするようなマネージャーもいたのだと九條さんがいった。

「青目のような子供の方が、安全だと考えたのかもしれないわ」

日活、大映、松竹、東宝など、ギャラの支払いは東京の本社ではなく、なぜか郊外にある撮影所に取りにいくことになっていた。赤坂にあった創造社の事務所からだと半日仕事になるので、出かけるときにはお昼代が支給された。

「これが楽しみでした」

「うん、分かる」

「まず経理にいって、窓口のオジさんとお金数えるんです。手で数えるのですからね、水に浸したスポンジで指を濡らしながら。オジさんは舌出して舐めていましたけど」

お金は俳優ごとに分けて封筒に入れられ、曽山さんが用意してくれた可愛らしいポシェットに経理のオジさんが詰め込んでくれた。

「そうかぁ、大島さんのところは俳優たちが稼いでいたものね」

大金の入ったポシェットをたすきがけすると、私はまっすぐ食堂に向かう。

「もう、忘れてしまいましたが、東宝はカレーがおいしいとか、日活は中華丼、それから、オムライス、トンカツ、ロールキャベツ……」

「大島さんのたまり場だったユニコンで、青目が大きなハンバーグ食べてるの見たことあるわ」

新宿の酒場、ユニコンのオーナー、ケンちゃんは穏やかな気配りのある男で、私が行くと、すかさず、青目ちゃんに、ハンバーグ、一つ、と、厨房に注文を入れてくれたものだ。

「青目のいう気配りって、そういうことなのね……あのハンバーグ、寺山も大好きだった。酔っぱらいが嫌いで飲み屋にいくのを嫌がったけど、ユニコンだけは喜んでついてきたわ。大島さんは松竹のころから仲良くしてたので、会うと楽しそうだった」

ハンバーグを食べている寺山さんを置き去りにして、九條さんの夜はそれから始まる。

「九條さんが不良になったのは、この頃からですか」

「はい、おっしゃる通りです」

「遅かったんですね」

九條さんは、すかさずオシボリで私の頭を叩いた。

風月堂の仲間たち

初演の『青森県のせむし男』『大山デブコの犯罪』『毛皮のマリー』の、再演、再々演を繰り返しながら、同時に四作目の『花札伝綺』の準備も始まった。

「なにがなんだか、分からなくなりました」

「同じよ。とにかく、なにもかもが同時進行だったのだから、いま自分がどの芝居のなんの仕事をしてるのか混乱することがよくあったわ」

役者として入団した萩原クンはいつの間にか舞台監督になり、ちょっと手伝うつもりの山崎クンもほとんど泊まり込みで仕事をこなしていた。

「あの子たち、みるみる痩せちゃって……そのうち倒れるんじゃないかと、怖かったわ」

寺山さんの仕事も多忙を極めた。

「青目もピヨコも仕事はちゃんとしてくれたけど、劇団には来なくなって……もっとも私は家出ばかりしてたのだけど」

「私……」

「なによ……」

「天井桟敷で、どうして友だちが出来なかったんでしょうか」

「ピヨコがいたじゃない」

「だけでしたよ……みんなに、嫌われてた。分かってました」

「というか、全然、違うもの、あの子たちと。友だちなんか出来るわけないわよ」

「私たち……みんなを傷つけていたんでしょうね」

「そんなこと、しょうがないわよ。人はね、誰だって知らないうちに人を傷つけているものなのよ」

その言葉に私が顔をあげると、九條さんが笑った。

「ちょっと、いいこといっちゃったかもね、クジョウさん」

「東さんとは、話をした記憶もありません」

「彼は、芝居しか知らないもの。あなたたちは芝居なんかに興味がなかったでしょう」

そのとき、思い出したことがある。ニューヨークで偶然、東さんに会ったことがあるのだ。

私は天井桟敷を辞めて十年後に結婚した。その相手が、東さんの「東京キッドブラザース」にいた男で、劇団には、親友のイラストレーター、ペーター佐藤がいた。

そんな偶然を、九條さんはとても喜んだ。

ペーターとニューヨークに行った夫は、その後メキシコに渡り絵の勉強をしていたが食い詰め、水産会社にいた祖父のつてでカナダの東海岸でマグロの畜養という仕事を始めたばかりだった。

クリスマス前にカナダの仕事が終わり、漁師仲間のゲイリーとジュリーのカップルと四人でニューヨークに行くことになった。車はスピードを出すとドアがはずれそうになるオンボロ車で、ノロノロと走り、ニューヨークに着くまで安いドライブインに泊まりながら四日もかかった。

九條さんはこういう話が大好きで、身を乗り出すように聞いてくれた。

「節約するために、女たちは車のシートに身を隠し、ドライブインのツインの部屋を一つとって、狭いベットに二人ずつ寝たんです」

自分たちの海外公演のことを思い出す、と九條さんはいった。

カナダ東海岸の深い森の中で暮らすゲイリーとジュリーは、高いビルを見るのが初めてで、ニューヨークに着くと上ばかり見ていた。ワシントン広場の近くに安ホテルを見つけ、チェックインをしていると壁のポスターが目に入った。なんと、東京キッドブラザースの芝居だった。

すると、ひょいと東さんが現れた。

「え……『ラ・ママ』の公演ね、きっと……それにしても、すごい偶然ね」

「お互いに本当にびっくりして……」

天井桟敷にいた私とキッドにいた男が結婚したことにも、ニューヨークでの出会いにも東さんは驚いていた。

こんなとこで、何してるの……と、東さんは聞いた。

「私、思わずいっちゃったんですよ、東さんの芝居を観にきたんですよ、わざわざ、カナダから車で来たんですよ、って」

「彼、なんていったの」

「もう、喜んじゃって」

「そりゃ、そうよ」

「東さんは、とても感動してる様子で、そう、それはありがとう、どうもありがとう。チケットあるのっ、て」

あとに引けず、これから買うのだといったら東さんは、用意しておくから買わなくていい、といってくれた。

「東さんのあまりの純情さに、なんだか後ろめたかったです」

柴田恭平が金ぴかの若侍の衣装でオートバイに乗って現れるという、日本人には荒唐無稽な舞台であったが、芝居を初めて観るというゲイリーとジュリーにとっては感動ものだったようだ。

「これが歌舞伎か……」

ゲイリーが唸るようにいって、私と夫は顔を見合わせた。

「そうだよ、これが歌舞伎だよ」

夫がそう答え、ゲイリーは満足そうに頷いた。


天井桟敷設立から数か月後、どの公演も成功し、再演、再々演を繰り返し、次々と新しい演目も決まってはいったが、劇団の内部は混乱し惨憺たるものであった。

『毛皮のマリー』以来、東さんは演出から退きスタッフとなった。

「東さん、辞める決心はついていたけど、寺山や私のためにギリギリまで働いてくれたの」

この頃から、私の遊び仲間も、遊び場も大きく変わってきた。

きっかけは風月堂である。

天井桟敷では友だちは出来なかったが、風月堂には面白い大人や同年代の変わったコが何人もいた。風月堂の斜め前には小さなタバコ屋があり小柄なおばあさんが座っていたが、あるときから金髪の若い女が現れた。レトロな作りのタバコ屋には全く不釣り合いの派手な女、エバンスがあるとき通りかかった私に声をかけてきた。

「ちょっロ……あんラ、可愛いわね」

完全にラリっている。

「これあげる……やるんでしょ」

ハイミナールだった。

そのころ、風月堂にいくとどこからともなくハイミナールが回ってきた。ちょっといい気分、ようするにハイになるのである。

以来、タバコ屋の前を通るたびにエバンスと話をするようになり、そのうち裏のマンションに呼ばれた。これが笑ってしまうほど、金髪のエバンスには不釣り合いな家庭的な部屋で、こたつの上に並ぶ料理は野菜の煮物や焼き魚、自分で漬けた糠漬けもあった。

あるとき、エバンスが私の前に鍵を差出した。

「私ね、ちょっロ留守にするのよ。部屋、自由に使っていいから」

エバンスはハイミナールをボリボリと齧りながらいった。

「借金が返せなくなってね、売られちゃったのよ、アタシ……」

「え……」

そのときの私と同じように、九條さんも、え……といった。

「どれくらい留守にするの」

「二か月か……もっとか、分かんない」

「どこ行くの」

「群馬らしいわ」

翌日からエバンスの姿はタバコ屋から消えた。部屋は一度も使わなかったが、その後、エバンスの姿を見たものは誰もいない。

「天井桟敷にも何人かいたわね、そんなコが……どんなものだろうかって、私も試してみたけど、何ともなかった」

「え、飲んだんですか、ハイミナール」

「一錠だけよ、なにがいいのかさっぱり分からなかったわ」

九條さんにハイミナールを飲ませたのは『毛皮のマリー』の出演者として新宿のオカマバーでスカウトしたジミーで、いつもラリっていた。

「よく遊んでもらいました。化粧が上手でツイッギーそっくりでしたね」

「うん、面白かったけど、悲しい人たちだった」

確かに新宿には、実にいろんな人間がいた。

十三歳で家出したというロバと呼ばれるボーイッシュな女の子は、私と同い年くらいだっただろうか。モデルのようにスリムで背が高く、いつも白いシャツにジーンズ、ショートカットの髪を金髪に染めていた。

「青目ちゃん、今夜、ディナーに来ない？」

ディナーなどという言葉は、このとき初めて聞いたのかもしれない。行ってみると、ごく普通の和風のアパートの内部は、洒落た壁紙や絨毯、ゴブラン織りのカーテン、アンティークの家具などがあり、まるで外国のようだった。

一緒に暮らしていたのは彫金家のサブで、広いダイニングキッチンを挟んでそれぞれの部屋があった。

「彼、ホモなの」

ロバは本人の前でさらりといった。

出てきた料理は、舌平目のムニエルとサラダ、洋梨のコンポートであった。家でナイフとフォークを使って食事をする……下町の卓袱台暮らしで育った私には驚愕の出来事だった。私が暮らし……というものに目覚めたのはこのころではなかったかと思う。新宿に借りていた私の四畳半は、着替えにときどき帰り、雨風をしのぎ、寝るためだけのものだったのだ。

私と年格好のよく似たカエルとは、風月堂で会うと、ピヨコを交えてよく状況劇場へ行った。カエルが状況劇場の役者だったのかスタッフだったのかはわからないが、自由に出入りしていた。夕方、早い時間に状況劇場に行くと、誰かが遅い昼ご飯を作っていて酒も飲めた。しかし、私たちは六時前には退散した。大人の劇団員が酒を飲み出すと絡まれたり、お金も出さずに酒や煙草を買ってこい、などといわれるからだ。

カエルとは、暗黒舞踏の土方巽のアスベスト館にもよく行った。いまでは親しく会うようになった舞踏家の中嶋夏は憧れの人で、姿を見かけても緊張して口も利けなかった。

コマーシャルの世界で活躍し始めていた、若手のデザイナーやカメラマン、イラストレーター、コピーライター、スタイリストなど、私にとっては新しい憧れの大人たちと知り合ったのも風月堂だった。とはいえ、新しい時代の担い手の彼らはまだ二十代の後半であった。

風月堂の常連、トクこと石山篤が仲間たちと新宿御苑近くにジャズバー・ブードゥを作ったのは一九六一（昭和三十六）年のことだ。

故郷、今治で神童と呼ばれた少年は芸大に入り、卒業制作が大学お買い上げという快挙を果たし、七万円の賞金が入った。風月堂のコーヒーが一杯六十円という時代からすると大金である。「店やろうぜ……」と誰がいい出したか分からないが、話はすぐにまとまった。

その頃のジャズ喫茶では酒を扱う店は少なく、おしゃべりも禁止だった。

酒を飲み、ジャズを聴きながら自由にしゃべり、可愛い女の子たちが集まる、彼らにとって理想の店を自分たちで作ったのである。

戦後、怒涛のように押し寄せてきたアメリカ文化を彼らはなんの屈託もなくあっけらかんと受け入れ、貪欲に楽しんでいた。

寺山さんと九條さんの次の世代が登場したのだ。

カウンターだけの小さなバーには、当時の芸術家や文化人が大勢集まったそうで、三島由紀夫もよく顔を出したという。

「そこ、行ったことあるわ……私と寺山が知り合ってすぐあとだったと思う」

「あぁ……私にとっては永遠の憧れの店です」

六十年代初頭に芽吹いた若者たちの感性が伸びやかに花開いた時代だった。

新宿で開催されたアートフェスティバル、稲村ケ崎の海岸で開かれた大規模なパーティーなどは伝説となっていまだに語り継がれている。

海岸に延々とろうそくが灯された稲村ケ崎のパーティーに現れた三島由紀夫は、二の腕にヘビを象った腕輪をはめ、上半身裸の姿がアサヒグラフで大きく扱われたりもした。

それは私がまだ中学生のころの出来事で、新宿がどこにあるかも知らなかった。

「ブードゥはね、確かに、いま思えば、すごい人が来てたらしいわ。でも掘建て小屋みたいな店で、みんな外で飲んでたわ」

当時、寺山さんは石原慎太郎、江藤淳、大江健三郎、小田実などと「若い日本の会」に参加していた。

「確か、永六輔や、谷川さん（俊太郎）、浅利さん（慶太）もいたはずよ」

「どういう会だったんですか」

「知らないわ……寺山が、今日は石原に会ったとか、大江が、とか……国や権力と戦っていたらしいの」

九條さんが無邪気にいった。

一方で寺山さんは、土方巽、黛敏郎、東松照明、加納光於などともグループを作っていた。

「そっちは芸術運動……滝口修造、渋沢龍彦、三島さんも関係してた。あ、三保敬太郎もいた。みんなそのあとに活躍した人ばかりよね。そんな人たちが風月堂やブードゥに来ていたのよ」

後に振付師となり「ザ・スーパー・カムパニイ」を主宰した演出家のピーターこと竹邑類と三島由紀夫はジャズ喫茶・キーヨで知り合い、連れ立ってブードゥにもよく通っていたらしい。

　そのピーターを主人公として当時の若者たちのことについて、三島は『月』『葡萄パン』など、いくつかの短編小説を残し、竹邑類が『呵呵大将—我が友、三島由紀夫』を上梓したのは二〇一三年のことだ。

会わなかった理由、三島由紀夫

夕方、いつものように風月堂に行くと電話があった。

ハムさんからだった。

「やっぱりいたか……九條から聞いたんだよ、そこに電話すれば捕まるって」

ハムさんのほうから連絡があるのは初めてのことだった。

「お前さん、三島由紀夫、知ってるだろ……作家だよ。読んだことあるか」

当時、盛んにマスコミを騒がせていた三島由紀夫は誰もが知る有名人であったが、誰かに借りた『仮面の告白』は数ページで放り出した……というか、分からなかったのだ。そのことを正直にいうと、電話の向こうでハムさんが笑った。

「そうか、ま、いいや。その三島さんがさ、お前さんと飯が食いたいっていってるんだけど、いつがいい。お前さんの都合にあわせるってさ」

なんだろう……意味がよく分からない。

「ハムさんも一緒ですか」

「バカいえ、そんな野暮じゃないよ」

え……と言葉に詰まると、ハムさんが慌てた。

「あ、誤解するなよ、三島さんは紳士だから……お前さん銀座でさ、シマちゃんといつも楽しそうに話ししてるらしいじゃないか」

銀座というのは、ハムさんが連れて行ってくれた文壇バーのことだ。バーテンのシマちゃんの賄い飯をご馳走になりながら、私は好き勝手におしゃべりをしていた。

「三島さん、奥にいたんだよ」

三島由紀夫は早い時間にやってきて、店の奥でひとり過ごすことがあったらしい。

そういえば、シマちゃんが丁寧にコーヒーを淹れ、奥に運んでいることが何度かあった。

「それ聞いてて、お前さんと飯でも食いたいって……あ、大げさに考えるなよ」

私は、う〜ん、と唸ってから断った。

「え……なんでだよ」

「う〜ん……」

「なんでいやなんだ、飯、食うだけじゃないか。理由いえよ」

「それは……なんか、私には関係のない人っていうか、別世界の人っていうか」

なんとも曖昧な答えしかできなかった。

知らない人と二人きりでご飯を食べるなんて、まして相手は有名人なのだ。私は見かけによらず人見知りで子供だった。

なんでだよ……ハムさんは何度もそういったが、最後には諦めた。

「そっか、ダメか……三島さん、がっかりするだろうな」

きっとハムさんの顔をつぶすことになるのだろう。

「わかった、断るぞ、いいんだな……あ、気にするな、また顔出せよ」

電話は切れた。


それから何日かして菊地家にいくと、奥さんが慌てた様子で玄関先に出てきた。

「まぁ、あなた、三島さんのお誘い断ったんですって」

珍しく早く帰っていた菊地さんが、パイプをくゆらせながら、ふっふっふっと笑った。

「なんで……もったいないわぁ」

奥さんは残念そうだった。

「しかし、天下の三島由紀夫もまさかこんな小娘に断られるなんて、思ってもいなかっただろうな」

そういって菊地さんが、また、ふっふっふっと笑った。なんと答えたらいいのか分からない。どうやら私は、とんでもないことをしてしまったらしい。

それからさらに二〜三日して創造社に行くと、昼からのテレビ出演のために大島さんが事務所に寄った。

私を見るなり、大島さんはいきなり大きな声で笑った。

「青目、でかした、でかしたぞ」

そういうと実に愉快そうに笑った。

「三島由紀夫の誘い、断ったそうじゃないか。よくやった。あっはは、実に愉快だ」

デスクの曽山さんは手まで叩いた。

「うん、うん、青目ちゃん、カッコいい」

マズいことになった……どうして知れたのだろう。ハムさんに申し訳なかった。

そして、また二〜三日がたち、マスコミ回りから劇団に戻ると待ち合せていたピヨコはまだ来ていない。夏の盛りの暑い日で、お腹は空くし疲れてもいた。

そこに自称秘書がやってきて、横尾さんの事務所にチラシ用のデザイン案を取りに行くようにいわれた。

「急いでるのよ、寺山さん怒ってるんだから。締め切りとっくに過ぎてるのよ。すぐ行って」

自称秘書は断らせないぞ、というように高飛車にいった。私は渋々と立ち上がり、横尾さんの事務所がある成城に向かった。

大きな門があり広い芝生の庭があったから、事務所というか自宅を兼ねていたのかもしれない。

インターホンを押すと朗らかな女の声がした。

「どうぞ〜、庭に回って……」

秘書のミーコちゃんの声だ。芝生の庭に回ると、秘書のミーコちゃんがビキニ姿で子供用のビニールプールから慌てた様子で出たところだった。

「ごめんなさい。青目ちゃん、もう少し遅くなるかなと思って。先生はアトリエだし……内緒よ」

ミーコちゃんはガウンを羽織りながら、いい訳をした。

「暑かったでしょ、入って冷蔵庫からなにか出して飲んでね」

そういうと、奥に消えた。

ミーコちゃんは、とても変わったコだった。

素晴らしい肉体を維持するために、鏡を張り巡らせた自分のアパートでは素っ裸で過ごしているのだという。

「なにか着てたら変化を見逃すでしょう。裸でいるとちょっと緩んでもすぐに気がつくのよ。青目ちゃんもやってみたら」

以前そうすすめられたことがある。

ミーコちゃんは、ソフィア・ローレンの美容法を実践していた。

「彼女、夜は七時に寝るのよ」

ミーコちゃんはモデルをやっていたこともあるが、時間が不規則で美容に悪いからとやめてしまった。同じ理由で酒は飲まないし、夜遊びもしない。早寝早起き、栄養にも気をつけていた。ミーコちゃんは人生の全ての時間を、自分の美しい容姿を維持するために費やしているのだった。

九條さんもミーコちゃんのことは覚えていた。

「確かに、きれいなコだった。噂だけど、横尾さんとの面接で、裸で仕事をしてもいいですかって質問して、すぐに採用が決まったらしいわ」

それを聞いた男たちは、用もないのに横尾さんのアトリエに通ったそうだが、ミーコちゃんが裸で仕事をしていることはなかったらしい。

「バカね、男って……」

九條さんは呆れたように笑った。

ミーコちゃんは秘書らしいスーツ姿に着替えて現れた。

「久しぶりね、元気そう……」

冷蔵庫からミネラルウォーターの大きなボトルを取り出すと、ミーコちゃんは口をつけてゴクゴクと飲んだ。そんな水の存在を、私はここで初めて知ったのだった。

東北生まれの彼女の格好よさに、東京生まれの私はいつも圧倒されていた。

「横尾さんは……急いでるらしいんですけど、出来てますか」

「ふっふっふっ……さっき描き始めたんだもの。寺山さん、怒ってたでしょ。声ですぐわかったわ」

二時間近く経って、横尾さんはようやく現れた。

「ごめん、ごめん。寺山さん、怒ってるでしょ」

封筒を受け取り、すぐに帰ろうとすると横尾さんがいった。

「アイスクリーム、食べていきなさいよ」

ミーコちゃんは綺麗な皿に花柄のナプキンを敷き、カップのアイスクリームを置いて銀のスプーンを添えて出してくれた。こんなことにも、私はいちいち感心してしまうのだった。

「キミさ、三島さんの誘い断ったんだって」

横尾さんがニヤニヤしながらいった。

あっ、と気がついた。濃厚なものすごくおいしいアイスクリームは、この質問のために利用されたのだ。

「なんでよ」

「その話、私も聞いた」

ミーコちゃんがアイスクリームを頬張りながらいった。カロリー高いのにアイスクリームは食べるんだ、と思った。

「なんで断ったの……がっかりしてたよ、三島さん」

横尾さんは、私を見ずにいった。

そのさりげなさがかえって私を警戒させ、アイスクリームを口一杯に詰め込んだ。

私は一切答えないぞ、と心に決めた。

「いってごらんよ、誰にもいわないからさ、理由あるんでしょ」

横尾さんはさりげなく、しかし執拗だった。答えるまでは帰さない、というようにせまってきた。

寺山さんが待っているのだ、怒っているのだ。

「なんでよ……」

また聞かれる。

黙っていると助け船を出すようにミーコちゃんがいった。

「私も……断る」

横尾さんがミーコちゃんを見た。

「なんで……」

「だって、あの人、角刈りよ。イヤよね、青目ちゃん」

「君たち、三島由紀夫が誰だか知ってるの」

「有名人……」

ミーコちゃんがいった。

「小説家……」

私が消え入るような声で答える。

「読んだの……」

二人とも、首を振った。

横尾さんは、ふ～ん、といってアイスクリームを食べている。

「それから、ポロシャツ。アレ、嫌い」

ミーコちゃんの言葉に、私はうつむいた。

「バックスキンのシャツとか……胸のとこから胸毛がはみだしてた。イヤよね、青目ちゃん」

横尾さんは、私とミーコちゃんを交互に見ている。

「それが理由ってこと」

「そういうことが大事なんですよ、先生。ね、青目ちゃん」

「私は、ただ……」

私が、いいかけると、二人がちょっと乗り出したような気がした。

「知らない人だし……」

そういいかけて、私は再び黙り込んだ。

ミーコちゃんと私を交互に眺めていた横尾さんは部屋を出ていき、廊下から朗らかな笑い声が聞こえてきた。

なにがそんなにおかしいのか分からず、私とミーコちゃんは、顔を見合わせた。

横尾さんのところから祐天寺に帰り着くとピヨコが待っていて、九條さんが上から下りてきた。

「ご苦労様。ごめんね、寺山、さっき出かけちゃったのよ。打ち合わせの会食があって六本木に行ったの。疲れてるとこ悪いんだけど届けてやってくれない？　帰ってから見ればいいのに、待てないっていうのよ」

九條さんは、渋谷からタクシーで行くようにとお金をくれた。

「お腹すいてるでしょう。場所は香妃園だから、なにかご馳走になりなさいよ。寺山には電話しておくから、ね、そうしなさい」

渋谷に出ると私たちはタクシーには目もくれず、六本木に向かって歩き出した。

「香妃園だよ、なに食べる？」

もう食べるものは決めてあったが、ピヨコに聞いてみた。

「う〜ん」

唸りながら、ピヨコの頭には中華料理のメニューが舞い散っているに違いない。

「アタシはカレー、絶対、カレー。断固カレー」

少し生っぽいたまねぎの入った香妃園の豚肉のカレーが大好きだった。

ピヨコはようやく大決心をした。

「マーボ豆腐……定食、ご飯大盛り」

上り坂を息を切らして歩きながら、私とピヨコはちょっと幸せだった。

店の二階に案内されると金ぴかの屏風の奥で賑やかに食事をする音がした。大人たちのよそいきの笑い声に交じってレンゲが器に当たる音が聞こえる。

私とピヨコは生唾を飲み込んでつつき合った。

一緒に食べるのは気が重いから別の席にしてもらおう、窓際の外の見える席にしてもらおう……などと考えながら寺山さんを待った。

しばらくすると屏風の奥からナプキンで口を拭いながら寺山さんが現れた。それは明らかに怒っている顔で、ピヨコが後ずさり私の腕をぎゅっとつかんだ。

「ずいぶん遅かったねぇ。九條から、いま祐天寺を出たって電話があったのに。どこ寄り道してたの」

そういって寺山さんは時計を見た。その口元が油で光っている……マーボ豆腐だ、と思った。歩いてきたので、祐天寺から一時間以上はかかっていたであろう。そういいかけた言葉を私は飲み込んだ。差し出した封筒をひったくるように受け取った様子から、寺山さんが聞く耳を持っていないことは明らかだったからだ。

寺山さんが封筒の中味を確認した。ピヨコは私の背中にしがみつき、ブルブルと震え出した。目には涙を溜めているに違いないと思った。

中を改めると、寺山さんはがっかりした様子でジロリと私たちを見た。

「なに、たったの二枚だけ……ひと月も前に頼んでるんだよ、これじゃ話にならないよ」

寺山さんが声を荒らげると、ピヨコが震えながら私の肩に頭を乗せ嗚咽した。あんたが泣くことじゃないよ、そして、私たちのせいでもない、と思った。

「はい、ご苦労さん」

不機嫌にそういうと、寺山さんは踵を返した。

え、と思った。

と、寺山さんが振り返り、私を睨みつけた。

「あなた……三島さんの誘い、断ったんだって」

いつものように、青目、ではなく、寺山さんが、あなた……といったことに違和感があった。なんだろう、なにが起きたのだろう。

私は足がすくんだ。

「はい……」

なにかいおうとしたが、言葉が出ない。寺山さんはさらに私を睨みつけてからプイッと顔を背け、屏風の向こうに消えてしまった。それと同時にピヨコが私を突き飛ばし、階段を駆け下りていった。

渋谷に向かう暗い通りを、ピヨコはズンズンと歩いていく。追いかけながら私はいった。

「ピヨコ、なにか食べようよ、お腹すいた……マーボ豆腐、食べよう」

ピヨコは歩くスピードをあげる。

「じゃ、ハンバーガーインにいこう」

ピヨコは、振り向きもせず走り出し暗闇に消えていった。

「あのとき、私ね、家出してて帰ったばかりだったのよ。それが、あなたたちにご飯も食べさせないで帰したって聞いて、本当に腹が立って大喧嘩になって、また家出しちゃったのよ」

九條さんはそのときの怒りを思い出したようで、飲んでいたビールのグラスをバンと音をたてて置いた。その音の大きさに驚いて、暖簾の奥にいた女将さんが飛んできた。

「ねぇ、日本酒ちょうだい、冷やで」

九條さんは、なにかと理由をつけては日本酒を飲みたがった。

「飲むんですか……鼻息、荒いですよ」

止めても無駄だろうと思いながらいってみた。

「東さんは辞めるっていうし、私は家出するし、あなたたちは反抗的だし。あのとき、寺山は八方ふさがりだったのよ」

九條さんは、運ばれてきた冷や酒をグイッと飲んだ。

「やっぱり、おいしいわ……」

そして、すぐに機嫌を直し、二口目はゆっくりと味わうように目を閉じた。

「三島さんは、寺山の『毛皮のマリー』に刺激をうけて、美輪さんを主役にして『黒蜥蜴』を書いたの」

寺山さんにとって、そのことは誇りであり自慢でもあった。『黒蜥蜴』は大成功を納め、三島さんが舞台人としての名声をあげたのは、寺山修司あればこそという自負があったようだ。

「あのときの美輪さんのきれいだったことといったら……尋常ならぬ美しさっていうのかしら。『毛皮のマリー』とはまた別の魅力があった。見事だったわ」

九條さんは当時を思い出すように、うっとりとしながらいった。

「結局ね、やきもちなのよ。三島さんが自分を通さずにハムさんを通して青目を誘ったことが面白くなかった……あげくにアンタはあっさり断るし」

九條さんは、残っていた冷や酒のグラスをほとんど一気飲みするといきなり立ち上がり、厨房の奥に声をかけた。

「ちょっとごめん、急用ができたの、悪いけどお勘定して」

そういうとコートを着てさっさとレジに向かった。

「どうしたんですか」

慌ててあとに続くと、いいからついてらっしゃい、と九條さんはいってタクシーに手をあげ、車に乗り込むとこういった。

「青目、カレー食べよう、香妃園のカレー。私も長いこと食べてないわ」

怒っていた九條さんの顔がみるみる笑顔に変わった。

「借りは返すわ」

私は呆気にとられた。

「バカみたいだけど、このままじゃ気が済まないのよ」

タクシーはネオンの輝く通りを六本木に向かった。

しかし……香妃園は、もうなかった。張り切っていた分すっかり気がそがれ、二人で途方に暮れて茫然と佇んでいると、いきなり雷が真っ暗な空を切り裂き、激しい雨が降り出した。

まるで映画のクライマックスのようだ……と、私は思った。あるいは、これは始まりだろうか、それともラストシーンか。

あとでわかったことだが、香妃園はなくなったのではなく引っ越したのだ。

九條さんはすかさずタクシーに手をあげた。

車を降りて西銀座の路地裏に入ったところで、やんでいたはずの雨が待ちかねていたように再び降り出した。雷はまるで九條さんを狙うように刃のような光りで暗闇を貫いてくる。

あはは……と九條さんが笑った。

「寺山が来たのよ。ブリ起こしじゃあるまいし……」

九條さんはこともなげにそういうと、路地の奥の小さな中華料理屋に飛び込んだ。

ブリ起こしとは、金沢辺りで使われる言葉で、冬の雷のあとはブリが大量に揚がるのだと九條さんが教えてくれた。

「雷のあとに捕れるブリは脂がのっててね、おいしいのよ」

私はこんな話が大好きで、すっかり感心した。

店内は、外国で見かける中華料理店のような雰囲気で、安物の提灯やら極彩色の飾り布が壁に下がり、いたるところに金ぴかの仏像が飾られている。

「覚えておきなさい、寺山って、来るときにあんなふうに雨を降らしたり、季節外れの雷を落とすのよ」

どう見ても似合わない中国服を着た恰幅のいいおばあさんが奥から出てきた。

「ヒサシブリニ、キタネェ、アメ、フッタ、ヌレタネェ……」

白髪頭をお団子に結い上げたおばあさんは、九條さんの背中を愛おしそうにさすった。

「おカアさん、カレー作って。たまねぎたくさん入れて……紹興酒は温かいの」

「オナカ、スイタネェ……」

おばあさんは中国語で奥に注文を入れると、グラスや箸や小皿などを投げ出すようにテーブルに並べた。

「あ、あと、マーボ豆腐……」

九條さんは、そういってから私を見た。

「ピヨコの分も、アンタに返すわ」

温かな紹興酒で人心地つくと、九條さんが煙草に火をつけた。すかさず、オカアさんが灰皿を持ってくる。

「タバコ、ヤメナイ、コノヒト」

おばあさんが肩をすくめてこちらを見たとき、私はちょうどタバコを咥えたところだった。

「ハァ、ワルイ、オンナタチ」

オカアさんの呆れ顔に、九條さんが笑って返した。

「偶然見つけた店なのよ、ここ……大当たりだった」

寺山さんと九條さんは、別居中はなんの気兼ねもなく二人で食事をしていた。

「レストランに行ったり、うちに来ることもあった。それが、正式に離婚した途端に、なんだかひと目が気になっちゃって……変でしょ」

あるとき、日比谷で打ち合わせがあった。

「離婚発表のあとだったから、みんなが気にしちゃってピリピリしてて……それではお疲れさまってなったものの、いつもなら寺山とご飯を食べに行くところだけれど、そうもいかない雰囲気で」

みなが三々五々に別れ、九條さんと寺山さんはそれぞれ反対方向に歩き始めた。

「お腹が空いてね、でも、ひとりだとどこに入ったらいいか見当もつかない。とにかく銀座に向かって歩いていたら雨が降り出したのよ。それで数寄屋橋まで走って、裏通りに入るとこの店が目に留まって飛び込んだの。そしたら、すぐあとに寺山が入ってきて……笑っちゃったわ」

二人は久しぶりに一緒に食事をすることになった。

「寺山も私も、ひとりでご飯を食べるのが苦手だったのよ」

九條さんは、私の皿にマーボ豆腐を取り分けてくれた。すでに中華風カレーは平らげ、テーブルには次ぎから次ぎへと小皿が運ばれてくる。

セロリのきんぴらには程よく酢が効いている。北京ダックの端切れのようなものにはたっぷりの香味野菜、黄身の流れ出した煮卵の半分は白いスープに沈みかけていた。

「賄いよ。断らないと際限なく出てくるわよ」

九條さんは小皿を私の前に押し並べながら、ふっと戸口を振り返った。

「いまでも、こうしていると寺山が入ってくるような気がするの」

そういうと、九條さんは紹興酒のお代わりを頼み、それから黙り込んだ。

「どうかしましたか」

「青目……ごめんね、クジョウさんは」

「え、なんですか」

「あなたとピヨコには謝らなくちゃ……お礼もいってないし」

「え、いやだ、私たちこそ、迷惑ばかりかけてました」

「迷惑……たいしたことじゃなかったわ。とにかく、よく働いてもらった。ありがとう、感謝してるわ」

九條さんは改まった様子で丁寧に頭を下げた。あまりの素直さに戸惑った。

「恐縮至極です……まぁ、まぁ」

私は紹興酒を九條さんのグラスに注いだ。まぁ、まぁ、と九條さんも私のグラスに紹興酒を注いでくれ、乾杯した。

「よかった、いえて……いつかいわなくちゃと思ってた。会うたびに思ってた」

「私の方こそ……自分では関係ないと思い込んでいましたけど、いろんなこと思い出してみると、天井桟敷は私にとってスタート地点だったんですね」

「そうなの？　ホントに？」

「振り返ってみると、なにもかもが天井桟敷、というか、寺山修司に繋がっていたんだって……」

四十年以上も前に通っていたシナリオ教室で、新人だった寺山修司のラジオドラマを聞いたときの感動はそのまま残っている。

「内容は忘れてしまったのに……あのときの胸のときめきはいまでも覚えているんです。あれ以来、そんな人は現れなかった」

寄り道はしつつも、結局のところ日本にいる間、私はテレビに関わりシナリオや書く仕事を続けてきたのだ。

「寺山が聞いたら、喜ぶだろうなぁ」

私も聞こうと思いながら、いい出せずにいたことがあった。

「九條さんにとって、寺山修司は、なんだったんですか」

紹興酒のグラスを口に持っていきながら、九條さんは考え込んだ。

「私にとって寺山修司は……私も長いこと考えてたことよ。で、この年になってようやく分かったの」

ニコリと笑ってこちらを向いた。

「でも、いまは、いえない。もう少し飲ませてくれたら、教えてあげてもいいわ」

やられた……また飲む理由を与えてしまった。

私は、紹興酒をもう一本頼んだ。

すると九條さんは、あっさりといってのけた。

「寺山はね、私の、男よ……オ・ト・コ、だった」

いってくれるなぁ、と、私はその横顔をまじまじと見た。

「出会ったときは、恋人、それから夫になって、人生の師でもあったし……それから、幼い弟のようでもあった」

九條さんの脳裏には、寺山さんと歩いた人生のそれぞれの場面が蘇っているに違いなかった。

「離婚して同志になって一緒に仕事をしてきて、死んでからは、寺山家の養女になって兄妹になった」

そうか……どういう形であっても二人は共に人生を歩いてきたのだ。

「唯一無二の、オトコだった……」

「いってくれますねぇ」

「だって、それしかいいようがないじゃない。文句ある？」

「ありませんよ、お見事です」

「どうだ、参ったか……」

雑煮

夏が過ぎ、秋が来て、私とピヨコは淡々と仕事を続けた。

しかし、あの香妃園の出来事以来、ピヨコは劇団にはどうしても行くことが出来ず、私が資料を取りに行く間、祐天寺の駅で待っていた。

寺山さんは忙しくて劇団には来られなくなったようで、マスコミやスポンサー宛の資料には事細かな指示が添えられていた。その独特な文字のメモ書きだけが、寺山さんと私たちを繋ぐ微かな繋がりだった。

九條さんとは劇団で会うことは全くなくなり、電話で事務的な話をしたり、新宿の路上などで資料のやり取りをした。

私たちが抜ければ、その負担は九條さんの肩だけにかかることは明らかだった。

「忙しくて、人を育てる時間がなかったのよ。あなたたちに任せるしかなかった。マスコミ回りは、寺山や私が電話を入れて誰かに資料を届けさせたりとかして、なんとかなっても、広告をもらってたいくつかのスポンサーは、あなたたちじゃないとダメだったのよ」

その日、九條さんと私は新しく出来たフランス料理屋にいた。

「頼まれちゃったのよ、行ってやってくれって……」

どうやら断れない相手だったようだ。

グレーを基調としたモダンな店の天井はとても高く、ゆったりとした店内は簡素というか、殺風景というか……客はまばらであった。

「ご招待なんだけど、すごく高いらしいのよ。誰を誘おうかと思ったけど、青目となら面白がれるかなと思って」

九條さんはグラスで赤ワインを頼んだ。

「あなたたち、スポンサーの会議によく同席してたでしょ」

話が元に戻った。

「あぁ、ファッション関係ですね」

「化粧品会社も……あとで分かったのだけど、彼らにとってあなたたちは重要な情報源だったらしいわ」

私とピヨコにとっては会議に出るのも楽しい遊びで、寺山さんのマスコミ戦略や、企画のたて方を聞かれるままに教えたり、ストリートファッションのリサーチなどもスポンサーにとっては参考になっていたらしい。

新宿の三平食堂で、山崎クン、下馬二五七、タケちゃんと集まり、自分たちの身のふり方を話し合ったりしていたのは冬の初めだっただろうか。

東さんはすでに辞めて自分の劇団を作る準備をしていたし、山崎クンは一段落したら劇団を辞めることになっていた。そのことは寺山さんや九條さんの了解も取り、劇団に残るつもりの萩原クンにも伝えてあったようだ。

「山崎クンは、カメラマンになるって夢があったし、とめるわけにはいかなかったのよ。偉かったのは、自分の仕事をきちんと新しい子たちに教えてた。私たちがやらなきゃいけないことだったのに、感心しちゃった」

タケちゃんも翌年の春にはデザイン学校を卒業し、就職先も決まっていた。役者のニゴさんは劇団に残る決心がついていたようだ。

そして、私とピヨコは……この仕事を続ける理由も、辞める理由も見つからず、ただダラダラと与えられた仕事をこなすだけだった。

高級フランス料理屋のワイングラスはものすごく大きくて、手にするのが怖いくらい薄く、そこに注がれたワインの量の少なさに九條さんも私も驚いて思わず顔を見合わせた。

二人とも、ほとんど一口で飲み干すと、九條さんがいった。

「飲むものじゃないのね、きっと……香りを嗅ぐだけなのよ」

「なるほど……面白いことが起こりそうですね」

「でしょう」

前菜らしきものが運ばれてきた。

白い大きな皿の真ん中に、葉つきのラッキョのようなノビルのようなものが横たわり、赤いソースらしきものが、いかにもフランス料理風に散っている。

「なによ、コレ……」

「ノビルとかラッキョの仲間ですよ。ポルトガルの市場に出るとフランス人が買い占めていました」

「どうやって食べるのよ」

「失礼します」

私は、葉の先をつまみ上げ、顔を仰向けノビルの玉を口に放り込んだ。九條さんはといえば、上品にノビルの玉をフォークで口に運び、唇で葉をたぐり寄せ口に納めた。

「うん、ノビルね……いや、ラッキョかな」

そして、あの元旦の話。

大晦日は昼から土方巽の稽古場・アスベスト館で飲み、それから状況劇場で明け方まで過ごし、状況のカエル、役者の大辻二郎と天井桟敷に行って劇団員とともに雑魚寝した。

静かな元旦であった。

九條さんの姿はなく、萩原、山崎、ニゴさん、タケちゃんもいなかった。ニゴさんは静岡に帰り、東京組も実家で正月を迎えていたのだろう。

「寺山と私が年末年始を別に過ごしたのは、後にも先にもあのときが初めてだった」

二人は知り合って以来、大晦日と元旦はいつも一緒に過ごしていた。

「付き合っていたときも新婚時代も私の実家で過ごしたし、別れてからも、私のアパートでおせちや雑煮を食べたのよ。そのうち劇団員も呼ぶようになって、年々、大人数になって大変だった」

「あの日は……不気味なくらい静かでした」

「どんな気持ちだったのかしら、寺山……」

「ご機嫌はよくなかったです」

「当たり前じゃない」

その静けさの中で雑煮を食べていたとき、大辻二郎が叫ぶようにこういった。

「お代わりくださーい」

それはとてつもない大声で、朗らかで……彼は、立て続けに二〜三回、お代わりをした。

そのとき、寺山さんがつぶやくようにいった。

「ボクの知らない人がいる……」

騒然となった。

それからどうなったのかは覚えていない。多分、追い出されたのだろう。

「ごめんね……」

「九條さんが謝ることないですよ、私が悪いんですから」

ノビルの皿は片付けられ、九條さんはノビルの正体がなにかウエイターに確かめた。フランスの特別な地域でしかとれない珍しいもので、空輸された野菜だと黒服が恭しくいった。野菜の名前はパーフェクト過ぎるフランスのアクセントで聞き取れなかった。

「あなたが辞めるときも、私はいなかったのよね」

正月休みが開け、初めての総会に私とピヨコも呼ばれた。

「大事な話があるんだから、絶対来てよ、必ずよ、二人で来てよ」

秘書のお代官さま女が電話口で念を押した。

「はい、寺山さんが、そういったの……」

最後までいわないうちに、電話はガシャンと切られてしまった。

ピヨコには連絡はしなかった。

コの字型に並んだ正面の席には寺山さん、その右脇に萩原、山崎、ニゴさんとタケちゃんがいた。左側には自称秘書が二人だか三人だか並び、制作の前田律子、寺山さんの個人アシスタントの森崎偏陸、私はすべてが見渡せる端の席に座っていた。

集まった劇団員の半分以上は知らない顔だったことに、自分たちの長い不在を改めて感じた。

今年度の公演予定やスケジュール、ありきたりの連絡事項、報告が済むと、寺山さんがおもむろに、といった様子で口を開いた。

「青目とピヨコのことですが……」

これからなにが起きるのか……私にはなんとなくわかってはいた。

九條さんは煙草を取り出したが、高級フランス料理屋は禁煙なことを思い出してバックに戻した。明らかにイライラしているのが伝わってくる。

「行くことなかったのよ、そんなところ。私がいないの分かってたでしょ、なんで行ったのよ、バカね」

四十年以上も前の出来事に、九條さんは腹を立てていた。

年明けすぐに九條さんとは新宿の紀伊國屋の前で会い、スポンサー用のいくつかの資料を受け取ったあといわれたことがあった。

「私、しばらく劇団には行かないから、用事があったら家に電話して……」

劇団には来ない……そういわれていたのに九條さんのいない総会に行ったわけは、そこでなにが起きるのか……私は、それをこの目で確かめたかったのだ。

私はまっすぐに寺山さんを見て、それから集まった見知らぬ連中に目をやった。

寺山さんは、明らかに私と目を合わせないようにしている。

「ふん……弱虫」

九條さんが吐き捨てるようにいって、ワインのお代わりを頼んだ。

「ねぇ、もうちょっと入れてよ。こんなんじゃ、飲んだ気しないわ」

九條さんの物言いは、珍しく尖っていた。

「で、なんていったのよ、寺山……」

劇団の規律とか、そんな話をしたあとでこう切りだした。

「彼女たちの問題について、すでにいろんな話が出ていると思うけれど……ボクと九條の耳にも入っています」

それからなにかいったが忘れてしまった。

「ここでみんなの意見を聞きたいと思います」

私とピヨコに関して意見があれば発言するように寺山さんが促した。

その意見とは……生意気だ、ヘラヘラしている、遊び半分だ、仕事場なのに笑ってばかりいる、態度がでかい、夜中に帰って鍵を開けさせる、ムカつく……誰の声も小さく、俯き加減で私の顔を見るものはいなかった。

途中で山崎クンがストップをかけた。

「それ、意見ですか……ちょっと違うと思うんだけど」

山崎クンは笑っていた。

「まず、青目とピヨコが劇団でどんな仕事をしているか分かっている人、手をあげてみて」

手をあげるものはいなかった。

「仕事なんかしてんのかよ、なんの仕事だ……」

誰かが吐き捨てるようにいった。なにしろ嫌われているのだということは充分過ぎるほど明らかだった。

「青目は、なにかいうことはないの」

山崎クンが聞いた。

「別に……」

ムカついているのはこっちだった。こんな連中のために、私たちは東京中を走り回っていたのだ。ピヨコがいなくてよかった、と思った。間違いなく大暴れして怪我人が出ているに違いない。

気まずい沈黙が流れ、寺山さんが腕時計に目をやった。

「では、こうしよう。青目とピヨコに、これからもいてもらうのか、それともその反対か、挙手してもらうことにしましょう」

私は寺山さんをじっと見ていたが、寺山さんは決して私を見ない……なぜだ。

「え、多数決ってこと」

タケちゃんがいった。

「まず……青目とピヨコに、残ってもらうことに反対の人……」

寺山さんがいった。このいい方の意味がよく飲み込めず、私は心のなかで反芻した。何人かは勢いよく手をあげ、少し遅れておずおずと手をあげるものが続き、ようやく意味がわかった。七割がたが手をあげた。私はテーブルに頬杖をついて、手をあげた連中の顔を一人一人眺めた。

部屋は静まりかえり……と、寺山さんは、ぐるりと見回しこういった。

「じゃ、そういうことで……」

寺山さんは立ち上がり、三階に上がる階段に向かった。

一瞬、みんながキョトンとした。

「寺山さん」

山崎クンが声をあげた。

「え、これだけ……おわり?」

タケちゃんがいった。

「もう一つの質問は、ないのかよ、変じゃないか」

ニゴさんがいった。

「寺山さん」

山崎クンが追いかけて声を掛けると寺山さんは立ち止まり、振り返って初めて私を見たが、一瞬目が合うとすぐに視線をそらした。

「萩原、ちょっと……」

寺山さんはいつものようにそういうと再び階段を上がっていった。萩原クンは、なんとも気まずい表情で寺山さんのあとに続いた。こういう顚末を彼は知っていたのかも知れない。萩原クンに続いてお代官さま秘書が薄ら笑いを浮かべ、私の方をゆっくりと見てから階段を上がっていった。

この結末が一番うれしかったのは彼女かもしれない……なんていやな女だ、と初めて腹が立ち、やはりピヨコを連れてくるべきだったと後悔した。

「なに……どういうことよ」

タケちゃんが立ち上がった。

「青目、行こう、このままじゃだめだ、話した方がいいよ。これは劇団というより寺山さんと青目とピヨコの問題なんだから」

そこまで聞くと、九條さんは立ち上がらんばかりにいった。

「違うのよ、寺山と私の問題だったのよ。八つ当たりよ」

私は記憶の糸をたぐりながら話を続けた。

「まるでガキの喧嘩じゃないか」

ニゴさんが呆れたようにいった。

私はといえばなんだかおかしくなって、あっははは……と笑いたい気分をグッとこらえた。

なんて簡単なことだったのだろう。長いこと考え、悩みあぐねていたことが、あっけなく幕を閉じたのだ。

「もう、いいよ……」

辞める決心については、すでに山崎クンには話してあった。

「うん、それはいいけど……こんな辞め方はよくないよ」

九條さんは、まるでその場に居合わせたかのように肩を落とした。

「私がいたら、そんなことさせなかった。ごめんね、本当に変な辞めさせ方したわよね」

「寺山さんは、どう思ってたんでしょうか」

「拗ねただけよ、あなたたちが辞めるなんて思ってもなかったはずよ」

次の皿がやってくると、その器の大きさに九條さんも私も言葉を失った。まるで洗面器のようだった。

「顔でも洗えっていうんでしょうかね」

ふっふっふっ……九條さんの笑い声が漏れた。

「よかった、青目を連れてきて……さ、顔、洗おう」

そういうと九條さんは、スープらしきものをバシャバシャとかき回した。

「あなたたちが辞めたことを、寺山はなかなか認めなかったのよ。平気で、この資料を青目に渡してくれ、なんていったり」

それからしばらくの間、九條さんの手の回らない仕事は私とピヨコが引き受けた。

もちろん、寺山さんには内緒だった。

「寺山はね、私が青目とピヨコを連れて東さんのところに行くと思ってたんじゃないかしら」

確かにピヨコは東さんから誘われていたらしい。

「どうして私、誘われなかったんでしょうか」

「手強いと思ったのよ。実はピヨコの方が厄介なのに……東さん、ネンネだったから、オカッパ頭はいうこと聞くと思ったんじゃない」

九條さんはウエイターを呼ぶと、ボトルを一本頼んだ。

「そのあと私たち、別々に呼ばれてハムさんに叱られちゃったのよ。無責任だって、痴話げんかしている場合かって……そのとき、ハムさんは青目を預かってもいいっていってくれたのよ」

「一度会いにいきました。これから、どうしたいんだって」

「聞いた、ハムさんから……それっきり来ないって、呆れてたわ」

ワインのボトルが来ると、九條さんはグラスに並々と注いでくれた。


ハムさんが死んだのは、私が辞めてから二年ほど後のことだ。

「突然だった……思ってもいなかったわ。渋谷に天井桟敷館が出来て、離婚して、私がハムさんの前で泣いちゃって……そのあとだったかしら。劇団に連絡があって、青目に知らせなくちゃと、大島さんの事務所にも風月堂にも連絡入れたけど、捕まらなかったのよ」

「そのころの遊び場は新宿じゃなくて、原宿、青山……下北とか成城、烏山あたりに変わってたんです」

私はその夜のパーティーのために、加賀まりこのヘアスタイルにセットしてもらいに美容院に行っていた。

「加賀まりこ……どんな頭よ」

「前髪を目のところまで下げて、頭のてっぺんを逆毛で思いきり持ち上げて、耳の脇の髪をちょっとカールさせて……つけまつげも二枚重ねでした」

私は彼女のファッションやヘアスタイルが大好きで、いつも切り抜きを持ち歩き、美容院やブティックに通っていた。

「その日の服もよく覚えています。黒の地に小花模様のゴブラン織りの素敵なワンピースでした。それを見せたくて、久しぶりに風月堂に行ったんです」

すると店の前に真っ赤なオープンカーが停まり、中から血相を変えて岡崎さんが降りてきた。

「おい、ハムさんが死んだぞ」

ハムさんと親しかった前衛写真家・岡崎克彦のヌード写真はよくプレイボーイに掲載されていた。

岡崎さんは、私を上から下まで眺めると、ま、いいや、乗れ……と、引きずるように私を車に乗せた。

ハムさんは、梶山季之と中国に取材に行き、帰ってすぐに銀座の麻雀屋で倒れ、病院に運ばれたときにはもう息がなかったという。

「よかったよ、お前さんが見つかって……東京中捜しまわったんだぞ」

私は事情がよくわからず、車の中でガタガタと震えていた。

「クジョウさんもよ。とにかく喪服に着替えようとしたのだけれど、ガタガタ震えて袖に腕を通せなかったの。寺山が喪服姿で迎えにきたのだけれど……ヘンよね、そのとき、彼の喪服、誰が用意してくれたのだろう、なんて考えたり」

「斎場に着いたら、私、立ってるのがやっとで……なにしろ、真っ赤なオープンカーで乗りつけたんですから、騒然としちゃって」

岡崎さんは、車に喪服を用意してあったが、私の異変に諦めたようで、ペラペラの派手なブルーのハマジャン姿で私を車から引きずるように降ろした。

九條さんが吹き出した。

祭壇にハムさんの遺影が飾られ、それを見た途端、私はいきなり泣き出した。

「それは、もう、号泣なんてものじゃなくて、爆発、破裂……でした。ゴォーッという叫び声ともなんともいいようのない声で。自分でわかっていても、押さえられないんです、息が止まるかと思いました」

岡崎さんに支えられて焼香台に立ったものの手が震えてなにも出来ない。

「ほら、奥さんにご挨拶しろ」

岡崎さんにいわれた先には、見たことのないような美しい女の人がいた。

「きれいな人だったわねぇ……噂には聞いていたけど、誰も会ったことがなかったの。有名な銀座のバーのママだったのよ。まさかって……ハムさん、やるなぁって、しばらくはその話で持ち切りだったわ」

このとき、鮮明に覚えていることが一つだけある。

公彦……キミヒコの文字だ。ああ、ハムさんの呼び名は、この名前から来ているのだと気がついた。

名字は、いまだに知らないままだ。

雪降る交差点

二〇一三年、それは暮れも押し迫った寒い日で、私は新橋から銀座に向かってゆっくりと歩いていた。ポルトガルの貧しい田舎町から来た私にとって、銀座の雑踏の豊かさのなかに身を置くことは帰国時の心弾む楽しみでもあった。

待ち合わせの小料理屋に向かって歩いているとすぐ前でタクシーが停まり、九條さんが降りてきた。

あっ、と思って駆け寄ろうとしたものの、私の足が止まった。九條さんはひどく疲れた様子で、店に向かって歩いていく後ろ姿は尋常ではなく、私は思わず物陰に身を隠してしまった。九條さんが店に入るのを確かめ、私は少し遅れて暖簾をくぐったのだった。

戸口をガラリと開けると、カウンターに座っていた九條さんが振り返った。

「お帰りッ……」

九條さんは、びっくりするほど大きな声でいった。

私は十日ほど前にポルトガルから帰国したばかりだった。

「早く、早く、飲も……冷やでいいんでしょ」

九條さんの前にはすでにビールが用意され、私の冷や酒が来て乾杯した。

「今日は、寒かったから一日部屋にいて、写真の整理してたのよ。そしたら……」

九條さんのテンションは高く、ついさっき目にした憔悴したような姿が嘘のようだった。

「ねぇ、私って、カンヌに行ったのよ、知ってた？　あの赤い絨毯を歩いたのよ」

寺山さんの映画第一作目『書を捨てよ町へ出よう』は一九七一（昭和四十六）年、第十四回サンレモ映画祭でグランプリを受賞し、一九七五（昭和五十）年、『田園に死す』は、第二十八回カンヌ国際映画祭正式出品作品となった。

「私は金襴緞子風の着物生地のロングドレス、寺山は生まれて初めてのタキシード。最初は渋ったものの、よく似合ってて、みんなに褒められるものだから、最後には気をよくしちゃって」

赤い絨毯を進む二人にフラッシュのシャワーが降り注いだ。

「いまでも信じられない……写真をつくづく見たけれど、実感がないの、自分のこととは思えないの」

海外にいた私には、そんなニュースは届かなかったので初耳だった。

「寺山は、あんなところに私を連れて行ってくれたのね……赤い絨毯よ、誰でも行けるわけじゃないわ」

海外で認められるようになってから、寺山さんは日本のマスコミに対する執着から開放されたようだったと九條さんはいった。

「それまでは、アングラ劇団として軽く扱われていたのに、海外で認められるようになると日本での評価も変わってきたのよ」

初めての海外公演はドイツのフランクフルト、上演作は『毛皮のマリー』『犬神』だった。

「もう、どの新聞にも絶賛されて、うれしかったなぁ」

このとき寺山さんは三十代、それでなくとも多忙を極めていたが、海外公演の成功は、それに拍車をかけていった。

「とにかく、うれしそうに仕事してたの……いつ寝ているんだろうと思うくらい」

そんな中、病魔はゆっくりと時間をかけて寺山さんの体を蝕んでいったのだ。

「久しぶりにカンヌのこと思い出して、すごく幸せだった」

九條さんが差し出した写真を、私は食い入るように眺めた。確かに、寺山さんのタキシード姿は素敵で、九條さんは輝くように美しかった。

「でもね、寺山はそういう幸せを思い出すことは一度もなく死んじゃったのよね、あんなに素敵な思い出なのに……死ぬ直前まで、次の映画、次の芝居って、先のことしか頭になかった」

最後の海外公演は、パリだった。

「誰も口には出さなかったけれど、これが最後だって思ってたはずよ。周りの人間は主治医の庭瀬先生も含めて、行かせてやりたいという気持ちもあったし、いや、絶対ダメだとも思ったり」

寺山さんが主治医に伝えた望みは一つだけだった。

「六十歳までは何とか生かしてほしい、やり残したことがあるんだ……主治医にそう懇願したのよ」

やり残したこととは、芝居と映画だった。

「そのあとは、書くことだけに絞るからって」

主治医は、いますぐ全ての仕事を辞めるべきだと提言するものの、その後、仕事を再開できるかどうかの確信はなかったようだ。

「寺山も張り切ってパリに行くといっていたかと思うと、翌日には、パリでなんか死にたくないっていい出すし」

それが不思議なことに、パリに着くとすっかり元気を取り戻した。寺山さんはどこへ行っても観光地や名所旧跡には興味を示さず、まずは本屋に出かける。

パリにはお気に入りの本屋がいくつかあって、山のように本を抱えてホテルに帰るとベッドに寝そべり、買ったばかりの本を眺めるのが楽しみだった。

まるで休暇のような穏やかなパリの滞在は二十日間に及んだ。

そのときの演目は『奴婢訓』で、シャイヨー宮の国立小劇場で上演された。

「セーヌ川を挟んですぐ目の前にエッフェル塔が見えて、素晴らしいところだった……これも、いまになると信じられないようなことだわ」

開演前、満席の観客と反応を見届けると、二人でホテルに戻るのが日課になった。

滞在中の食事や生活上の注意は、主治医から細かく指示が出ていたが、公演の成功に気をよくしたのだろう、思いがけず寺山さんはそれを忠実に守った。

「私は芝居はもちろん、行きたい美術館もあったのだけど、かまわないよ、行っておいでよ、というわりには、いざとなると、ボクをおいてひとりでいくんだね、って僻むのよ」

知り合いのレストランで、白身の魚などを工夫して調理してもらってはいたが、パリの秋は、寺山さんにとって残酷ですらあった。

「いつもならテーブルに牡蠣の殻を山のように積み上げていたのに、主治医に止められていたの。私も付き合って病人食よ。正直、辛かったわ」

帰国がせまったあるとき、寺山さんがいった。

「ごめん、せっかくパリに来たのに、牡蠣も食べないなんて。行っておいでよ、おいしい牡蠣を食べておいでよ」

「私はね、さて、今日は寺山になにを食べさせようかって、窓の外を見ながら考えていたの……あたりが暗くなり始めて、窓の外には灯りが一つ二つとついてきれいだった」

寺山さんはベッドの上で、買ってきたばかりの雑誌をめくっていた。

「仕事で人が訪ねてくることもない、締め切りを告げる電話もない、こんな穏やかなときを二人で過ごせたのは何年ぶりかしらって思ったわ」

寺山さんが部屋の灯りをつけると、九條さんの目の前の窓ガラスに寺山さんの姿が映った……それはまるでいまから芝居でも始まるような光景だった。

すると突然、九條さんの体に異変が起きた。

「なんだろう……なんだか分からないけれど、体の底のほうからなにか暖かなものが、溢れるように沸き上がってきたの」

九條さんは、しばらく黙り込んだ。

「泣いているわけじゃないのよ。気持ちが昂ったりもしてないし、とても静かで……ただ、後から後から温かな水のようなものが溢れてきて。まるで体の中に泉でもあるみたい……とても温かくて優しい水だった」

九條さんは立ち上がり、カーテンや窓を開けたり閉めたりしながら自分の気持ちを確かめた。

「突然、寺山がいなくなる……って思いがよぎったの。そしたらバラバラになってた心と体が繋がって……泣けてきたのよ。泣けて、泣けて……自分の涙で溺れそうだったわ」

「行っておいでよ」

もう一度寺山さんがいった。

窓枠の額縁の中に、寝そべって雑誌を眺めている寺山さんが見える。

返事が出来ない。

「声がね、涙声になりやしないか心配だったのよ」

「ねぇ、怒ってるの……」

穏やかな寺山さんの声だった。

「君は、怒りん坊だね」

雑誌をめくる音がする。

九條さんは、振り向くことが出来なかった。


「今日は雪になるかもしれませんよ」

そういって、女将さんが温かなほうじ茶を運んできてくれた。刺し身に始まり冬野菜の天婦羅、出汁の効いた煮物や珍味、あらかたの料理は食べ終わっていた。

確かにその日、元気を装っている九條さんの飲むペースはゆっくりで、その様子に女将さんはなにかを感じ取っていたのかもしれない。

真っ赤に熟れた苺には上白糖がたっぷり、私がこの食べ方が好きなことを板さんは覚えていてくれた。苺の小皿を私の前に押しやると、九條さんが怒った。

「やだ、やめてよ、お茶なんて、まだ飲むんだから。追い出すつもり？」

女将さんが慌てた。

「あら、失礼しました。はい、お酒は売るほどありますから、いくらでもお持ちしますよ」

「熱燗ちょうだい、私とうわばみ女に一杯ずつ」

九條さんも私も、コップで飲む日本酒が好きだった。

「寒いからね、暖まって帰らないとね」

九條さんはおいしそうにコップ酒を一口飲むと、急に背筋をのばし、私をまっすぐに見た。

「クジョウさんね、いま寺山の作品を読み直しているの。芝居はもちろんだけど、詩や短歌、俳句、週刊誌や新聞なんかのエッセイとかコラム……お母さんが膨大な資料を残してたのよ。どれも本当に面白いの。これをね、なんとかしたいと思ってるの」

九條さんはつんのめりそうな勢いで話し始めた。

「結局、芝居は上演されないと生き返れない。生きている人間の息づかいとか人が動くと空気も動く、なにかが客席に伝わる。とにかく観てもらいたい、面白さを肌で感じて欲しいの。もっと寺山を知ってもらいたい、作品を広めたい……」

九條さんの息は弾んでいた。

「いままでだって寺山のために動いてきたけど、これからは自分のために寺山の仕事をしたいと思ってるの。寺山には代表作がないっていわれているけれど、それ、クジョウさんが作ってみせるわ。これからの私のライフワークね」

その目はキラキラと輝いている。

「あぁ、アンタといるといろんなこと思い出すのよ、なんでだろう」

九條さんは、なにか思い出したらしく、遠い目をした。

「中華の店で、寺山とバッタリあった話、したでしょう」

「雨が降ってた日ですね」

「そう、寒い日だった……その日、帰りに寺山が途中まで送っていくよ、といいだして」

二人は離婚したばかりで、ひと目を気にしていた。九條さんが躊躇していると寺山さんがいった。

「もういいよ。関係ないよ、好きにやろうっていって……なんとなく銀座通りを歩いたの。なによ、笑わないでよ」

「笑ってなんかいませんよ」

「和光のあたりで、もういいわ、タクシー拾うわっていったら、寺山が人ごみの中で急に立ち止まって上を見上げたのよ。見てごらん、て」

灰色の夜の空から、大きな雪が舞い降りていた。

「それがとてもきれいだった」

「都会の夜の大スペンタクルだ……でも、誰も空を見上げていない。こんなに人がいるのに、って……夜にも空があるってことを、みんな忘れているんだね、って」

　いいシーンだなぁ、と私は思った。

「本当にきれいだった……寺山の手がすごく温かくてね」

「え、手を繋いでたんですか」

　思わず声が出てしまった。

「手が冷たかったのよ。手袋、忘れたのよ、店に」

「でも、繋いだんですよね」

「うるさいわね。しばらく雪を眺めて、それから寺山がタクシーを止めてくれて、なんでもなく、お疲れ……って別れた」

　そのとき、なにかが吹っ切れた。それまでの二人のぎこちなさが消えたのだという。

「なんだか気持ちが晴れ晴れとして、いい仕事をしよう、寺山のために劇団のために、私は精一杯仕事をしようと思ったのよ」

　はぁ～と、九條さんがため息をついてなにかいった。

「え、なんですか」

　私が聞き返すと、なんでもない……と、九條さんは首を振り立ち上がった。

　私には聞こえていた。

　はぁ～、とため息をついたあと、九條さんはつぶやくようにこういったのだ。

「会いたいなぁ……」

店を出ると女将さんの予想通り、雨は雪に変わっていた。

熱燗で暖まった体に冷たい雪は心地よかった。

その日、九條さんも私も、和光のショーウインドウが好きだということが分かり、それを見て帰ろうということになった。

「寺山も好きだったのよ。ときどき、君、見た?今度のはなかなかいいよ、なんて電話があったりしたわ。舞台装置の参考にもなってたみたい」

私たちは雪の舞い散る煌びやかな都会の夜を楽しみながら、ゆっくりと歩いた。

交差点に着くと立ち止まり、どちらともなく空を見上げた。

雑踏の中で、九條さんが雪の舞い落ちる灰色の空を見上げている。私は、その少女のような純真な横顔に心を打たれ、息を飲むように見とれていた。

舞台のラストシーンのように、九條さんにスポットライトが当たっているような気がした。

これが、私が九條さんを見た最後になった。

あの夜、和光のショーウインドウを見たかどうか、覚えていない。

あとがき

「臨場感……」

待ち合わせ場所の銀座松坂屋の前で会うなり、いきなり九條さんがいった。

「臨場感……カン、カン、カンカン帽」

私が答えると、九條さんはすかさず返す。

「防空頭巾」

これは寺山さんが考えたという二文字しりとりで、知り合った頃によくやった遊びらしい。普通のしりとりと違うのは最後に「ン」がつくと得点が二倍になり、三秒以内に返答をしなければ減点になる。

この懐かしい遊びを五十年ぶりに思い出した九條さんはひところ夢中になり、会うたびに付き合わされた。私の腕をとり引きずるようにして大股で歩きながら「一、二、三……」とカウントする。

「キン、キン、えぇ、と……金魚のフン」

「残念でした、四秒かかった」

九條さんは勝ち誇ったように私を見下ろす。

負けず嫌いの九條さんは自分の点が悪いと予約した店に着いても、もう一回といって店の前でゲームを続け、なにごとかと中から出てきた女将さんに営業妨害だと叱られたこともある。負けた方は、相手が「よし」というまで飲めない。だいたいは私が負けて、九條さんは、目の前でおいしそうにビールを飲むのであった。

あぁ、なんて楽しかったのだろう……そして、よく笑った。

その九條さんが……今はいない。

会うたびにお互いの思い出の小箱を逆さにしてぶちまけ、その中をかき回し他愛ない話をしては笑いあった。

誰かの噂話に夢中になっていたかと思うと、海外公演のアムステルダムの怪しいレストランの得体の知れない食べものの話になり、九條さんの実家で寺山さんの捌いたナマコのおいしかったこと、二人が初めて会ったときに寺山さんは旅館の下駄をはいていて、その足の指がきれいだったこと、男の素足を見たのは初めてだったかもしれない、などと聞いて、ちょっとドキリとしたり……こんな具合いで、そして、なんとなく天井桟敷の話に着地する。

もっとも多く話題になったのは、寺山さんの早過ぎる死に対する後悔、無念、怒りだった。ときには、いまでも生きて芝居や映画、創作に関わる人に対しての嫉妬さえ、素直に吐露することもあった。

寺山さんを除いては、九條さんが誰かの悪口をいったことは一度もなかった。

それまで関わった人になにかお返しがしたい……これも九條さんがたびたび口に出した言葉だ。

元劇団員が金の無心に来ることも少なくなかったようだ。

「なにか事業を始めたいとかならいいんだけれど……一万円貸してくれ、なんていわれると、辛いのよ」

そんな状況に陥ったのは、劇団に関わったせいだと思っているようだった。

あるとき、私が新宿のロックコンサートに行くと、偶然、カルメンマキが出演していた。どのミュージシャンより群を抜いた歌唱力で驚いた。

三十数年振りの再会だったろうか、マキが歌をやめていなかったことがうれしくて、そのことを告げると彼女は涙ぐんでこういった。

「だって……私には、歌しかないもの」

話を黙って聞いていた九條さんは、すぐにマキのライブに出かけたらしく、その年の暮れ帰国すると、九條さんのプロデュースでマキのリサイタルが開かれた。

その早業には驚かされた。

大変な赤字だったとぼやきながら、九條さんはうれしそうだった。

「内緒だからね、誰にもいっちゃダメよ」

話の途中で九條さんは、そんなふうに釘を刺すことがあった。しかし、いつからだろうか、それが変わっていく。

「これは、書いちゃダメよ……これは、いいわよ、書いても。ただし、私が死んでからね」

私は、九條さんから聞いた話を書こうなどとはそのとき微塵も思わなかった。

いつものように楽しく日本での休暇を過ごし、ポルトガルに戻った二〇一四年の春、電話口から思いも寄らない知らせがあった。

「九條さんが亡くなったよ」

相手が誰であったのか……男だったのか女だったのかも、覚えていない。

全身の力が抜け座りこみ、立ち上がることが出来なかった。腰が抜けるというのはああいうことかもしれない。

なぜか、黒い毛玉だらけの飼い犬が私にまとわりついて吠えたてた。犬は、びっしょりと濡れていて、あぁ、また勝手に海に飛び込んで遊んできたのだ、と思った。

それからしばらくして、いつも通り朝の市場へ行った。

なにひとつ変わらない。抜けるような青い空と青い海があり、海辺のカフェでエスプレッソを飲み……そのとき、犬がいないことに気がついた。

そうだった、飼い犬、ア・トゥンは、もう十年も前に死んだのだった。

午後は友達と海に行った。帰りにバーに寄ってジャズを聴きながらアニスを二杯、それからいつもの赤ワインを飲んだ。

その間、何人もの人から電話があった。メールもあった。私は全てを無視し、いつも通りポルトガルで淡々と暮らした。

半年後、二十年暮らしたポルトガルの家を引き払い、私たち夫婦は永住帰国した。

帰ってくると、九條さんはやっぱりいなかった。

「早く帰っておいでよ」いつもそういっていた九條さんは待っていてくれなかった。

九條さんは、たくさんの約束を破った。

三沢の記念館に一緒に行こうといったのに、伊豆の家に遊びに来たいといっていたのに、煙草の吸える飲み屋のリストをくれるといっていたのに……九條さんは、約束を破ったのだ。

前の年、妹さんの住むローマで会うことになっていたが、九條さんはイギリスに留学している姪御さんのところに行くことになり、私は一人でローマに行った。

ホテルの窓からパンテオン広場を見下ろし、そこに集う男たちの中に九條さん好みの男を何人も見つけた。来年はきっと二人でイタリアの伊達男の値踏みをしようと楽しみにしていたのに、九條さんは約束を破った。

私がポルトガルから永住帰国した翌年、『寺山修司のラブレター』が出た。

してやられた……と思った。

遺品の中から寺山さんが九條さんに宛てたおびただしいラブレターが出てきて、それを元に編まれた本である。それは台所の流しの下に無造作に置いてあったと聞いて、ちょっと笑ってしまった。

照れ屋の九條さんが、自分宛のラブレターをこれ見よがしに人の目にふれる場所に置くはずはない。かといって捨てるわけにもいかない。このラブレターの置き場所に困り果てた九條さんの姿が目に浮かぶようだ。

アートディレクター・増田セバスチャンの作り上げた本は、寺山修司のおどろおどろしいものは微塵もなかった。九條さんの引き出しから発見された可愛らしいもの……レースの切れ端やリボン、美しい細工の施された小さな香水瓶、壊れたアクセサリーのかけら、ビーズやスパンコール、猫のシール、きれいな蝶の紙細工、プレゼントに結ばれていたらしい色とりどりのリボン……少女の心の九條さんが捨て難く思っていた愛らしいものが、本の表紙に散りばめられ、中は、九條さんに宛てられた寺山修司のラブレターで埋め尽くされている。

これこそ、寺山修司の最高傑作だわ、と、私は思った。そのうちに、自分の手で寺山さんの作品をまとめたいといっていた九條さんは、亡くなったことを忘れ、うっかり仕事をしたに違いない。

最後には、九條さんの自筆の言葉がしたためられていた。

返礼の言葉

皆さん　私は今日でお別れです
そして　寺山の待つ世界に行きます
私を生んでくれた　両親をはじめ
全ての皆さんと会えて　楽しい人生を
送ることができて　感謝の気持でいっぱいです
ありがとう!!　又、会える日まで

九條今日子
寺山映子

九條さんが亡くなって一年、私は彼女と過ごした数年間を書き始めた。

寂しさを埋めるために書いた。止まらない。

こんなに長いものになるとは考えてもいなかったが、書いている間は寂しさを感じなかった。

しきりとウイスキーが飲みたくなり、スパスパと煙草を吸った。

そして二年……書き終わったいま、九條さんがいないことを認めざるを得ない。

寂しい。

この春、九條さんの命日、五月三十日にポスターハリスの笹目さんと高尾に墓参りに行った。蕎麦屋で一杯やりながら九條さんの話をした。晩年の九條さんとは、もっとも長く付き合いのあったのが笹目さんで、その話の中の様子は、私の知らない九條さんの姿があった。そうか、九條さんに会いたいときには、笹目さんを訪ねればいいのだと気持ちが和んだ。

九條さんと私の思い出話が、本になるとは思ってもいなかったが、友人でもある編集者の藤原ゆきえが「本にしましょう」と、いいだした。

書肆侃侃房の田島安江さんは、ただただ待ってくれた。

ありがとうございます。

さて、九條さんはどうだろう……「生意気ね」と、声が聞こえてきた気がする。

二〇二三年五月

青目　海

＊本文に登場する人物、例えば、ピヨコ、タケちゃん、お代官さま、オヨネ、ミーコちゃんなどは、周辺にいた何人かのキャラクターを重ねて作られたもので実在の人物とは関係ありません。
なお、今では不適確と思える表現も当時の言動はそのまま表示しています。

寺山修司（てらやま・しゅうじ）

1935年、青森生まれ。1954年、「短歌研究」新人賞受賞。早稲田大学在学中より歌人として活躍。1957年、第一作品集『われに五月を』刊行。1967年、演劇実験室「天井桟敷」創立。劇作家・詩人・歌人として数多くの作品を発表し、演出家としても世界的名声を獲得。1983年5月4日、肝硬変と腹膜炎のため敗血症を併発し死去、享年47。

代表作、映画『書を捨てよ町へ出よう』『田園に死す』『草迷宮』『さらば箱舟』、演劇『青森県のせむし男』『毛皮のマリー』『阿呆船』『邪宗門』『青ひげ公の城』『奴婢訓』『レミング—壁抜け男』、歌集『空には本』、詩集『地獄篇』、小説『あゝ、荒野』、エッセイ『家出のすすめ』『誰か故郷を想はざる』、評論集『地平線のパロール』などがある。

九條今日子（くじょう・きょうこ） 本名：寺山映子（てらやま・えいこ）

1935年、東京生まれ。三輪田学園卒業後、松竹音楽舞踊学校を経て、九条映子の名で松竹歌劇団（SKD）の舞台にデビュー。松竹映画に移り青春スターとして活躍し、寺山修司と出会い結婚。1967年「天井桟敷」をともに設立し、制作を担当。離婚後も劇団運営を続け、寺山亡き後もその遺志を継ぎ、精力的に活動に続ける。株式会社テラヤマ・ワールドの共同代表取締役として寺山作品の著作権管理を行い、三沢市寺山修司記念館名誉館長、三沢市観光大使をつとめる。2014年4月30日、肝硬変による食道静脈瘤破裂のため死去、享年78。

著書『ムッシュウ・寺山修司』『回想・寺山修司　百年たったら帰っておいで』。

参考文献

『ムッシュウ・寺山修司』九條今日子著 (ちくま文庫)
『回想・寺山修司　百年たったら帰っておいで』九條今日子著 (角川文庫)
『寺山修司　その知られざる青春』小川太郎著（中公文庫)
『思い出のなかの寺山修司』萩原朔美著（筑摩書房)
『呵呵大将　我が友、三島由紀夫』竹邑類著 (新潮社)
『寺山修司のラブレター』寺山修司　九條今日子著 (KADOKAWA)
『帰ったきた寺山修司』佐野晃一郎他（世田谷文学館）
『風月堂物語—元支配人の回顧する新宿風月堂の28年』山口守著（青土社）

■著者プロフィール

青目海（あおめ・うみ）

1946年、東京生まれ。劇団「天井桟敷」の創立メンバー。

19歳で構成作家に、以後、テレビドラマの原作、脚本を手がける。

独身時代のパリ、ローマに始まり、結婚後はカナダ、ニューヨーク、メキシコ、モロッコ、スペイン、最後の20年は南ポルトガルの小さな漁師町に暮らした路傍の主婦。

2015年に帰国、伊豆在住。

脚本／「親にはナイショで」「東京ローズ」他。

舞台／「アカシヤの雨に打たれて」

著書／『私は指をつめた女』（文春ネスコ）、『南ポルトガルの笑う犬』『リスボン 坂と花の路地を抜けて』（書肆侃侃房）など。

寺山修司　彼と私の物語——九條今日子の告白

2023年8月16日　第1刷発行

著　者　青目海
発行者　池田雪
発行所　株式会社 書肆侃侃房（しょしかんかんぼう）
〒810-0041
福岡市中央区大名2-8-18-501
TEL 092-735-2802　FAX 092-735-2792
http://www.kankanbou.com
info@kankanbou.com

編　集　田島安江、藤原ゆきえ
装　丁　藤田瞳
ＤＴＰ　黒木留実
印刷・製本　モリモト印刷株式会社

ISBN978-4-86385-584-7 C0095

アルファローバの木の下で
南ポルトガルの笑う犬

青目 海

劇団・天井桟敷出身の著者が、ポルトガルで様々な人と犬に出会い、その味わい深い日々を綴った珠玉のエッセイ。無鉄砲で無防備、無知こそが与えてくれた幸福だと言い切る。その小さな物語が共感を呼ぶ。

四六判、並製、160ページ（巻頭カラー8ページ）
定価：本体1,300円＋税　ISBN978-4-86385-001-9

KanKanTrip4

リスボン
坂と花の路地を抜けて

青目 海

ポルトガルの小さな古都リスボンの旅の小箱をそっと開けてみる。そこにあるのは栄光の残照と、人々の懐かしい暮らし。南ポルトガルに住む著者ならではのリスボン街案内。

A5判、並製、160ページオールカラー
定価：本体1,500円＋税　ISBN978-4-86385-110-8

KanKanTrip Life 1

ポルトガル物語
漁師町の春夏秋冬

青目 海

極楽市場に集うのは、人と花と笑う犬。ポルトガルの小さな漁師町で季節ごとに降ってきた愛しく切なく、かけがえのない日々。著者が南ポルトガルで暮らした20年を鮮やかに描いた紀行エッセイです。

A5判、並製、176ページオールカラー
定価：本体1,600円＋税　ISBN978-4-86385-264-8